Morramos ao menos no porto

Francisco Mota Saraiva

Morramos ao menos no porto

BIBLIOTECA AZUL

Texto fixado conforme as regras do novo Acordo Ortográfico da Língua Portuguesa (Decreto Legislativo nº 54, de 1995).

Editora responsável: Amanda Orlando
Editor-Assistente: Renan Castro
Preparação: Fernanda Marão
Revisão: Carol Facchin
Diagramação e capa: Carolinne de Oliveira
Imagem de capa: Shutterstock/IA

CIP-BRASIL. CATALOGAÇÃO NA PUBLICAÇÃO
SINDICATO NACIONAL DOS EDITORES DE LIVROS, RJ

S246m
Saraiva, Francisco Mota
Morramos ao menos no porto / Francisco Mota Saraiva. - 1. ed. - Rio de Janeiro : Biblioteca Azul, 2025.
240 p.

ISBN 978-65-5830-230-8

1. Romance português. I. Título.

CDD P869.3
25-98859.0 CDU 82-31(469)

Carla Rosa Martins Gonçalves - Bibliotecária - CRB-7/4782

1ª edição, 2025

Direitos de edição em língua portuguesa para o Brasil
adquiridos por Editora Globo S.A.
Rua Marquês de Pombal, 25 – 20230-240 – Rio de Janeiro – RJ
www.globolivros.com.br

A minha mulher é um corpo
que dança imobilizado,
roda parado no negrume
concedido pelas silhuetas
dos caixotes que tapam o sol,
onde só às vezes se alegra
por um candeeiro vagaroso
como as horas que chegam
atrasadas, aceso apenas
para não deixar de a ver.

Para a Joana e para o Francisco, meus.

Para a minha Mãe e para o meu Pai,
herdeiros dum grande amor (Silvina e António).

Já perdemos tempo demasiado; comecemos,
atingida a velhice, a preparar a nossa bagagem.
Em que pode isso atrair-nos a hostilidade?
Vivemos no meio das vagas,
morramos ao menos no porto.

Sêneca, *Cartas a Lucílio*

I

A MINHA MULHER É UM CORPO DEFUNTO, uma porção decomposta da massa humana, um bocado de gente numa cadeira de balanço, a balançar; uma ideia repetida que se arrasta num balanço consistente, relógio de pêndulo, certinho, a bater; é uma forma putrefata de olhos cinzentos, vítreos, especados, botões de rosa a abrirem e a fecharem, pétalas pardas que caem. A minha mulher; a boca fria, gélida. Tem frio. Ponho-lhe uma manta sobre as pernas; o pequeno aquecedor de ferro; os joelhos macerados; aqueço-a. Tem frio. Tanto frio. Tão corpo velho, macilento, moído, tão corpo morto. O rosto dantes papudo agora covas; chupada, drogada; pós, venenos e peçonhas várias; do ouvido um líquido; substâncias medicamentosas; não mastiga e engole; e, ainda assim, o pêndulo continua, certo certinho a bater, uniforme e catártico, nem de corda, nem de relógio, apenas pêndulo, corpo rígido que gira em torno dum ponto fixo, um complexo sistema cronográfico a medir o tempo e a conservar a unidade, seguindo. As mãos depostas, cruzadas sobre os joelhos;

por vezes, estico-lhe os braços para que não faça trombos, um pouco de ginástica, mas os membros pesados, inamovíveis, não se mexem, porque os trombos, porque a obstrução dos vasos, porque como pétalas que caem para um pratinho receptáculo. Os coágulos; mastiga e não engole; os membros pesados; corpo morto e pesado. Estico-lhe os pés

— Anda

não pode, a cadeira de balanço a chiar; a cadeira de balanço, a balançar.

Tocam os relógios, a medirem intervalos; uma badalada. São três relógios nesta casa e dois estão atrasados em relação ao primeiro, mas se tocam de conjunto, o primeiro adiantado em relação aos outros dois. São já nove as badaladas e é hora da ginástica, os bracinhos esticados ao ar, a cadeira a chiar, balança; então, as pétalas a sujarem porque para fora do pratinho receptáculo. Tenho de limpar e cuidar dos braços ao ar. Varro e estico, ora para cima ora para baixo, ora para junto do pratinho do vaso. Dois relógios atrasados, um dos três adiantado. São nove horas. Uma cadeira de balanço como um barquinho

(barquinho, barco, barqueta, a nau catrineta)

e estico-lhe também os pés

— Anda

não pode. Nesta posição e os raios de sol, as covinhas papudas

(nunca teve covinhas)

mais junto da janela

— Posso chegar-te para mais junto da janela

onde os arrulhos, um som pela frestazinha; também as rolas de olhos vítreos e cinzentos; os ninhos; novamente as rolas a arrulharem, novamente os raios de sol, o som por uma frestazinha; se um ventinho

(se mais um diminutivo)

e nas covas papudas quase descubro as covinhas a despontarem em dias assim, de sol. Depois, uma mantinha

(outro)

porque os matizes cobertos pelos caixotes desorganizados que se erguem como prédios e os prédios como caixotes, encavalitados; as portas todas iguais, as aberturas todas iguais; a fuligem das chaminés; e janelas invulgarmente pequenas para tetos altos, caixotes e caixotes, vulgares. São nove horas e a luz do sol das nove às onze; depois caixotes, depois encavalitados, depois prédios

— Nunca deveríamos ter comprado esta casa.

De resto, uma sombra fria, uns lábios duma boca gelada, e eu só com uma manta para a minha mulher; o pequeno aquecedor de ferro; a medir quatro passadas do balanço até ao quarto deste apartamento de sabe-se lá quantos cômodos

o balanço é a sala toda

— Não vos fica caro, por este preço não encontram melhor

(repito:

— Nunca deveríamos ter comprado esta casa).

Se cansado, faço seis passadas; subi quatro andares; o elevador avariado; e no quarto

— Vem deitar-te

mas não pode, não consegue; e eu estendido na cama; as marcas da umidade, o barulho dos automóveis pela frestazinha da janela do quarto

— Silvina, vem deitar-te, filha, anda, meu amor.

E não vem.

O sol magro por duas horas, das nove às onze, não sei no inverno apenas das oito às nove porque depois mudam a hora, mas, enquanto isso, enquanto não lhe leva o sol as covas papudas, o rosto aquecido, a carne pútrida mais morna, a pele tépida ligeiramente mais brilhante

— Aquece-te, meu amor, tens a cara fria

mas se uma manta para o rosto frio e não covinhas. Está tão fria.

A minha Silvina é um corpo sonolento que habita esta casa numa saleta que dá por tardoz, ao passo que eu estendido no quarto a observar as rachas da umidade, a pensar nos preparos para a ginástica da manhã, os exercícios, a física dum pêndulo, dum corpo rígido que gira em torno dum ponto fixo; os bracinhos ao ar; eu a varrer; o vaso, as pétalas, os botões de rosa como os bracinhos, abrem e fecham, e a minha mulher aquiescida, um vitral de matizes das nove às onze, não sei se também no inverno (porque depois mudam a hora; porque depois sombra).

Tocam os pêndulos, dois atrasados, um adiantado. A minha mulher um ar brutal: morto, pesado, tão velho morto e pesado, custa a levantar; os membros ora para cima ora para baixo se não trombos (já disse já disse), e às onze horas, inverno verão ou estação, já de novo fria, de novo escuro. A luz terminada pelos caixotes, os prédios corridos, as persianas de baque, e ainda as rolas a arrulharem porque não têm relógio

(bate aos sessenta minutos a cada hora, um adiantado a cada hora).

Persistem as voltas no balanço; as danças paradas.

A minha mulher é um corpo que dança imobilizado, roda parado no negrume concedido pelas silhuetas dos caixotes que tapam o sol, onde só às vezes se alegra por um candeeiro vagaroso como as horas que chegam atrasadas, aceso apenas para não deixar de a ver, e todavia ela aqui, na saleta, parada, como numa dança amorfa, enquanto eu e as rachas da umidade, enquanto o elevador, o contador elétrico, enquanto não das nove às onze horas quando não inverno, um borrão de sombra na parede, e se um pouco de estuque, um pouco de cal, melhor a mancha da sua fisionomia, mais definida, a casa mais quente, as paredes mais límpidas, o seu rosto mais papudo, os olhos menos cinzentos, mais dantes. Porém eu aqui, a ter de ter-me aqui, sem poder ausentar-me, porque se tem fome, se tem sono, se tem sujidades, se tem que tem que eu sempre aqui. Mas não me queixo. Não estou me queixando. Apenas digo que se por umas horas me ausentasse compunha as rachas da umidade

— A dona Silvina não diz nada, não acha que vale o preço?

— Não sei, o que achas, António?

Eram apenas três ou quatro horas do nosso tempo, mas melhor que fique aqui, já vão sendo horas da ginástica, horas de comer, horas. Já não vou

(e ela:) — Vem deitar-te.

Amanhã o dia amanhece. É sempre assim; que maçada. E pelas nove o sol a raiar nas suas covinhas, é quando fica mais quente, ainda que morna mais quente, e deixa esse corpo gelado e frio, moribundo e macilento, em que um beijo e um abraço tão menos do que as nossas horas, tão menos do que o nosso tempo. Só queria arranjar as rachas da umidade. Vou ficando. A minha Silvina, menos do que um corpo adiado ou do que uns joelhos macerados, menos do que as mãos cruzadas sobre uma manta a tocarem pêndulos que batem certo, posta no seu ar, assim: um retrato.

A minha mulher é um corpo acabado, um pedaço desfeito que às onze horas tem a carne já menos morna, e, depois, não é um candeeiro vagaroso que a aquece, a manta que lá fica, o pequeno aquecedor de ferro, o relógio de luz; e eu estirado na cama a pensar na meia hora que demoro a comprar o estuque, uma lata de tinta, a trincha a pintar, os ombros despidos, a manta caída, o xale lilás. Puxei um pouco, puxei um pouco mais, puxei e um fio de linha, um buraquinho duma agulha, as suas orelhas mucosas; do ouvido continua o líquido.

— Queres que te cubra, meu amor?

Se uma manta para o rosto quando não há horas de sol, quando já passa das onze, e mesmo que para lá do estuque, da lata de tinta e da trincha, para lá da sombra desgrenhada, se eu e a minha mulher apenas mais meia hora, um tempo do nosso tempo

— Aquece-te, não te quero ao frio

— Bom, se os senhores concordarem, deixo aqui a papelada

servindo um cálice do nosso armário onde as nossas louças, mais duas passadas até à cozinha, um apartamento de sabe-se lá quantos cômodos, também por tardoz, e dois cálices, sirvo dois, sirvo dois golezinhos

— Anda, ajuda a aquecer-te

mastiga e engole.

Também tenho frio, não como a minha Silvina, mas tenho frio, a umidade a abrir rachas; a minha mulher pesada e morta

— Meu amor

dois cálices ajudam a aquecer, e vento neste guarda-louça, este armário do tempo que não tenho, da meia hora do nosso tempo, porque não quero deixar de ouvir a sua cadeira a chiar, a balançar, onde a minha mulher, corpo rígido que gira em torno dum ponto fixo (é um pêndulo).

Varro, arredo as pétalas enquanto as janelas se fecham, as persianas corridas, o barulho dos automóveis

apita a catrineta

e o sol põe-se enquanto não voltam a ser nove horas a amanhecerem, enquanto balança, enquanto o tempo é o duma mulher disposta como morta na saleta duma casa rodeada de caixotes, a tocar como pêndulo dum relógio que não toca senão das nove às onze horas.

2

A PARTEIRA QUE VIVE POR BAIXO recebe meninas de ventre assustado e periclitante; uma aguinha lhes escorre pelas pernas abaixo; um trejeito de meninas pequeninas que arqueiam as cavidades abdominais como se lhes permite o andejar. Vêm num pé e voltam noutro, vêm com dores e com dores voltam, as primeiras do âmago, as segundas do bucho.

— Não se esqueça da tisana ao deitar

Diferentes sortes

— Por cá novamente?

e todavia todas elas todas meninas, pespegadas com a mesma sorte, com a mesma aguinha, com a mesma tisana ao deitar, a fugirem olhares para a janela, escapando da porta a meio do corredor onde lá dentro a desfazerem-se gametas, garrafas e colos.

As meninas fazem fila, tiram senha de véspera, enquanto

— A seguir

se espremem no sofá de lona que há no hall da entrada como se dum aprumo de clínica chique da Baixa. Ninguém bom dia, ninguém boa tarde, ninguém nenhuma hora do dia, ninguém numa salinha de recepção para fazer o estorvo da conversa

— O que a traz por cá?

neste bairro feio, a fugirem com os olhos para os mosaicos do chão de linóleo, a fazerem quadrados e losangos

(quatro a quatro e recomeçam)

enquanto nos hospitais dão concursos nos televisores pegados ao teto, nas clínicas chiques da Baixa as revistas da semana passada (festa, fama)

— Olha que sorte

a fazerem quadrados e losangos (quatro a quatro e recomeçam)

e ninguém bom dia, ninguém boa tarde, senão apenas tisanas ao deitar. O terceiro frente a tocar, por vezes é a primeira, às vezes novamente

— A menina Irene está?

— Tem de esperar a sua vez, já lhe atende.

Cabem seis no sofá e se algumas mais tarde o hall apinhado, e se ao menos um televisor pegado ao teto porque aqui apenas a contarem losangos e quadrados

a recomeçarem

olhos fugidos pela janela

(não cabem tantos)

mantras que se repetem em losangos e quadrados. Já os olhos muito baços, já os olhos muito cosidos.

No terceiro frente deste prédio não tocam pêndulos, antes ampulhetas a deitarem, revolvendo-se as meninas na lona dura do sofá, enquanto o arqueio do feto magoa, enquanto uma aguinha fria pelas pernas a deitar, a esperarem pelo número

— Seguinte

e o zero não é vez. Num sistema de senhas, o zero não é vez; e chega ao seis e recomeça porque não cabem mais do que seis no sofá que vai tomando as formas dos ventres assustados. Quem tira o zero, tira a senha outra vez, volta na véspera do dia a seguir para ser

— Seguinte

— Por cá novamente?

— Ai, menina Irene, esta perdida e os rapazes.

— O médico já chegou

que provavelmente não é médico, apenas um senhor com mais força, mais entendido em gametas, garrafas e colos, que não sendo jardineiro conhece melhor o bojo dos vasos, sabe mais da técnica da visualização da víscera feminina

— Há uma senhora cá no bairro no terceiro frente daquela rua

— Sei duma clínica

(mas não fica na Baixa)

e todavia a menina Irene é quem melhor sabe medir as poças de sangue, conhece-lhes o tamanho, mistura as águas, põe a aquecer uma chaleira de infusões e tisanas, e melhor diz que as sortes são dramas de meninas com sorte, pois que ela dois também os fez, outros dois teria feito se os soubesse a pedirem para a droga debaixo dos carris dos comboios, e diz que o médico é apenas para dourar a placa do terceiro frente, (diz clínica especialista), que comprou em bom tempo e boas pessoas os vizinhos do quarto andar que também compraram na planta

— Nunca mais vi a velhota

— Menina Irene, está aqui outra moça

(outra poça)

— Um anjo de homem aquele senhor António, um amor à mulher

(palreia como se à procura do frasco de acetona no carrinho dos esmaltes)

e, é verdade, sim, o nosso bairro é longe da Baixa, mas tudo feito com muito jeitinho, aliás, daí o médico para o caso de as coisas darem para o torto pois que os bisturis e as lancetas também entortam, isto tudo afinal feito de tesouras e podas, instrumentos muito pouco típicos nos afazeres da medicina, mas por aqui nem médicos nem doutores que de medicina saibam, apenas um senhor que sempre tem mais força, com quem sempre a menina Irene tem com que dividir o prejuízo pois se não foi para isso que os comerciantes inventaram as sociedades, se não também eles para dividirem as sortes

— Não concorda?

(de volta do verniz a estalar, palreia continuamente)

— Esta desgraçada que se enamorou dum rapaz que parte ainda hoje na catrineta

caso contrário o serviço mais caro, mais num prédio bonito da Baixa, mais com os olhos nos concursos da televisão ou nas férias famosas das revistas da semana passada; aqui, tão-só um sofá de lona, rijo e desconfortável, a contarem-se losangos e quadrados, senão a janela, senão uma porta a meio do corredor onde tudo gametas, garrafas e colos

— A seguir

(a outra mão).

— É para pagar

e uma nota sobre o bidê

já anda a roleta e nunca mais o número zero

onde metem as partes a lavar, arredam para lá o que sobrou do colo, já o bucho vazio e cosido, uma poça de sangue do tamanho certo, o bisturi não entortou

as notas a enxugarem

gira a roleta

as mãos de vermelho

— Não se esqueça da tisana ao deitar

— Ainda estão para aí quatro ou cinco raparigas, menina Irene

nem preto nem vermelho, a ver se sai o zero.

Fogem agora dois olhinhos embaciados pela janela do ônibus sessenta e quatro, mas que nunca mais passa

— A esta se encolheu a barriga

— Saiu agora do terceiro frente, desenvergonhada

— Deus não quer isto

e para lá ficaram as notas enxaguadas, o bidé um esterco, um saco do lixo atado pela conduta: cascas de fruta, os restos do jantar, folhas velhas arrancadas, apodrece um frigorífico avariado, e o caminhão da Câmara passa às três da manhã e leva o que houver para apanhar. Fica limpo.

E, que diabo, o sessenta e quatro que nunca mais passa

— O passe, menina?

— As crianças nascidas e até aos sete apenas meio bilhete

mas então o bidé, lá ficaram as notas enxaguadas, guardadas como santinhos em relicários na gaveta empenada do aparador, e a menina Irene bem que roda a chave, pequenina, a pô-la no bolso, que ainda estão para lá quatro ou cinco meninas a contarem losangos e quadrados, tanto que, se soubesse, não tinha o empreiteiro escolhido mosaicos assim disfarçados num chão de linóleo tão pouco engraçado

(e, ainda assim, compramos esta casa)

(pôs-se uma fortuna no balanço)

e prossegue a menina Irene, a contar nota por nota, a jogar à batota, as fichas são todas como balanços, para diante é o que interessa

a recolher o crupiê, as casas numeradas

— As vossas apostas

nem preto, nem vermelho, o número zero, a vossa sorte

mas se menos notas no bidê e tão menos na batota tão menos no crupiê

a bola de marfim ao parar indica o número sorteado

— Seguinte

e as notas enxutas, enroladas nos bordados da parteira

não levaram tudo os garotos e agora debaixo dos carris (uma moedinha e eles a roubarem)

e o médico

— Passa rapazes a salto para o outro lado da fronteira

cheio de força, também a sua gaveta, fazendo-se assim a contabilidade, as contas dum lado e do outro, lucros e prejuízos, duas gavetas empenadas, um aparador de mogno barato relicário para notas de bidé

— Leve-me o lixo, menina, e feche a porta

— Ainda para ali estão quatro ou cinco, menina Irene

sem recibo, à espera do ônibus sessenta e quatro, a cheirar ao clorofórmio, o ventre tisnado

(uma garrafa suja tem borras no fundo)

duas aspirinas mergulhadas num copo que verte duma garrafa, a tomar a tisana quando chegar o sessenta e quatro

— Onde foste, rapariga?

que passa à porta do terceiro frente do prédio daquela rua, a agitar os mosaicos do linóleo, os pés de mogno do aparador a tremerem, e as notas enxaguadas enroladas nos atoalhados

e não notas no bidé, a entupirem

cabelos, pelos, cotão
a entupirem
gametas, garrafas e colos
a entupirem

— É pôr a aguinha a correr que sai tudo, são cinco e quinhentos, menina

pufa pufa, corre a água, enquanto quatro meninas já contaram losangos e quadrados de fazerem um prédio inteiro, pufa pufa, lá como fazem os desentupidores; um cheiro que vem do ralo.

Um cheiro do ralo, todo o esgoto comum, toda a porcaria a mesma, um cheiro de bedum, um cheiro de químicos, todos misturados que não só cabelos, pelos, cotão, gametas, garrafas e colos, que também me cheira mal, que também me cheira aos químicos e às poças de sangue, ao clorofórmio que também o balanço da minha mulher vem de lá

gira como bola de marfim

— Queiram terminar as vossas apostas

— A ver o que nos calha na sorte

e a montra dum talho mais limpa

— É para assar

— É só para mim

— São cinco e quinhentos

e os preços dos açougues todos iguais, os olhares nas vitrines e nas janelas todos iguais, como assim as carnes expostas, as vísceras num saco de plástico atado por um cordel onde um garrote, e o que não for para consumo passa no caminhão da Câmara, a rua lavada e a rua limpa, amanhã já aí está o sessenta e quatro e tudo sujo novamente, tudo igual, e o açougueiro a cortar, a lanceta, o bisturi entortado, a limpar as mãos na bata, uma luva de malha de aço, a padiola e mais uma menina a gritar

— Põe um absorvente que isso passa

— A tisana ao deitar

a deslizar no ventre, o corte, fende-se, e para o bidé

um cheiro do ralo da cozinha; até que a sala vazia, as paredes abaixo e o hall da entrada, o médico

— É sem recibo

— Passa-me o rapaz para o lado de lá

contam-se vários cinco e quinhentos, a registradora a bater, a fazer plim, as portadas a correrem, o sinal a dizer "fechado", amanhã

(seguinte)

e quem tirou a senha com o número zero no talho e no terceiro frente, duas vezes de véspera, duas vezes duas senhas, duas vezes dois azares

então o crupiê, a bola de marfim nem preto nem vermelho

— O bidê limpa-se amanhã que venho mais cedo

todavia as janelas limpas, sem mais olhares fugidios, sem mais losangos e quadrados para contar, e o pai, ao serão, a entreter-se com a novela da noite e um onde foste rapariga que me diz a tua mãe que amanhã já não é preciso apanhar o sessenta e quatro, e tudo feito, umas iscazinhas fritas ao jantar e uma tisana ao deitar, enquanto passa a telenovela

— Vi na revista que esta está para casar

— Dói-me a barriga

— Vê lá no que andas metida, rapariga

e as meninas de ventre assustado, menos periclitante, a sonharem que nem revistas, nem televisores, apenas o terceiro frente deste prédio onde a parteira tem um médico que lhe doura a placa

— Não se aceitam mais apostas

cada um a ver o que lhe calha na sorte.

3

Um sargento achado a coronel e que ganhou as medalhas de brigadeiro numa feira de velharias, onde também relógios e relicários, é um senhor coronel que, para os propósitos que aqui servem, bem como para a idade que se lhe aparenta, será, por agora, coronel

— Senhor coronel

ainda que bem sabido sargento a quem nunca se lhe tenha visto a patente

(fica, para os ditos efeitos, sô Monteiro).

Vai marchando e batendo os calcanhares no soalho de madeira com que mandou revestir os losangos e quadrados quando o ralo entupiu e começou a deitar. Um barulho para quem mora por baixo; dois garotos que andam na faculdade de engenharia e ele a bater as botas enquanto não bate a dele, a ver os soldadinhos lá em baixo que na avenida passam, que vão ser embarcados, todos direitinhos e fardadinhos, a mandar os garotos do primeiro andar irem bater com eles

os navios no mar e as fragatas a soarem

(a catrineta a apitar)

e a ventoinha avariada deita numa tarde de calor, nu

— Então, menino?

apenas as medalhas ao peito dum brigadeiro que não mais do que dois tiros no mato, a espalhar as borralhas no cinzeiro dum charuto mascado, a fazer corrente de ar, trazendo o cheiro do ralo. Vem do lavatório; cheira mal. Despeja o autoclismo; cheira mal; e as portadas da marquise abertas; e o nosso (sargento) a marchar e a bater enquanto a fileira de soldadinhos de chumbo corre lá em baixo, e a dizer que ele também dois chumbos numa perna e nunca se lhe viu a patente

— Senhor coronel

(sô Monteiro)

a esfoliar a pele das medalhas, ao passo que uns sinais no corpo nu a gretarem, a ficarem sujos duma crosta pisada, a dizer que agarrou uma doença no mato

e dois tiros no mato a um brigadeiro que lhe valeram quatro medalhadas numa feira de velharias onde se vendem enxovais

(também relógios e relicários)

e que agora os garotos a irem, na fileira da avenida

os navios e as fragatas a soarem

— Não fazem mais do que pede a pátria

não fazem mais do que dois chumbos no joelho; e da marquise veem-se os soldadinhos; sô Monteiro a mascar charutos, feito sargento que se fez coronel com medalhas dum brigadeiro ferido e morto no mato, às contas com uma pensão mal contada para uma ventoinha avariada, e a cuspir cinzas dum cinzeiro, andando pelo soalho que bate e que bate, enquanto os garotos, ainda não engenheiros, a doer-lhes a cabeça da ressaca, a esperarem que a bota do senhor coronel bata, e também eles a descarregarem o autoclismo, a cheirar mal uma ventoinha avariada numa tarde de verão.

O nosso sargento, achado a nosso coronel Monteiro, administra venenos aos garotos do parque que vêm lá a casa; a subirem calados pela escada de tardoz

(mora no segundo esquerdo)

a fazerem-se bufos e corujos, e a quem dá uma nota de cinco e outra de quinhentos, e com que compram no talho

(se meninas no terceiro frente).

É um pio que anda de amizades com as gentes do bairro e passa muitas vezes na paragem do sessenta e quatro a dizer que mais outra devassa a quem se lhe encolheu a barriga; feito marquesinho apinocado, de cabeleira desfraldada e charuto mascado, segue para as consultas na Baixa que lhe paga o Exército a pensão de dois chumbos na perna (no joelho), diz o sargento que também feitos no mato quando bem é sabida a estória das medalhas dum brigadeiro numa feira de velharias, qual quê ferido no mato.

O sangue pisado das crostas

— Ó sotor

lá na Baixa, de peito desnudo, grandes negras

os miúdos do parque às vezes a baterem-lhe, a dizerem-lhe que não, e ele qual não, a administrar venenos

— Não

mais uma nota de cinco e outra de quinhentos

— Não

que não chegam para uma ventoinha avariada

— Não

e dois chumbos nos joelhos

— Não

agora numa clínica da Baixa

— Ó sotor, que me doem os joelhos, isto das crostas apanhei no mato

e uma praga que anda pelas feiras de velharias, dois garotos que andam lá a roubarem

também debaixo dos carris

e o senhor coronel a vê-los, a apreciá-los, visgarolho (dum olho só), a ver muito bem que estes também quando não nos carris às vezes no parque, e a praga já lhe apanhou os ossos, a doerem-lhe e a contorcer-se, sobe dois andares, já lá vem o cheiro do ralo

— Devassa

— Deus não quer isto, senhor coronel (sô Monteiro).

Também uma fissura no rabo de tanto sentado à secretária (nunca achou um inimigo no mato), a descalçar a bota de couro

a ventoinha avariada (e há de continuar)

fazem assim os homens que não se inquietam, fazem assim os sargentos feitos coronéis com medalhas de brigadeiros, manco e sem garras que não somente a de apanhar os maricas do parque

dois deles debaixo dos carris dos comboios que andavam a roubar

— Ó sotor, disfarce-me isto

e se bruxaria que o disfarçasse então não manco, então não visgarolho, então não crostas no peito e fissuras no rabo, não maricas de meninos no parque

— Não

não dois chumbos num joelho, que é de tanto não que se fazem quatro medalhas dum brigadeiro.

Vai andando, pois, sô Monteiro pelo parque a ver com quantos chumbos lhe doem as pernas, com quanto tem para se aguentar, quantos mais meninos que não foram e cá ficaram, sem desfilarem na avenida ao som de navios e fragatas, que três meninos já esta semana pela escada de tardoz; e no colo uma garrafa de veneno que já só borras e coisas de velhos sargentos reformados, de pirralhos a subirem e descerem escada acima escada abaixo, quais bufos e corujos tal a algazarra, as notas da pensão pisadas entre o estrado e o colchão a desentalarem-se, queixumes para o sotor e para as meninas a apanharem o sessenta e quatro, é um sargento aposentado que anda achado a coronel porque comprou quatro medalhas numa feira de velharias que eram dum brigadeiro a quem dois tiros no mato.

4

A MINHA MULHER: AMOESTADA, QUIETA E DEITADA sobre as costas do mundo, acocorada diante de Deus, enrolada numa manta numa cadeira de balanço que faço balançar, que ela, por si, não balança, não chia, ainda que deitada e acocorada, a ver do outro lado da rua as varandas e os umbrais, as rolas e os pombos, as molas a secarem a roupa, as marquises corridas de persianas estafadas, a ver se uma chuvinha que limpe, enquanto o som dos tique-taques dos relógios, passando o tempo e as estações, o tempo indigesto, a ruminar

(vacas, rolas e pombos)

não move e não mexe, ela não; o tempo amaldiçoado, e os tique-taques

todos pêndulos, ampulhetas escorridas

a pensar

que não pensa

quando foi tudo isto acontecer, que se viu deitada e acocorada. As chagas maceradas, uma comichão

coçando coçando

as cicatrizes, a soltarem um bocadinho de pus, um bocadinho de chagas, um bocadinho de comichão, um bocadinho a coçar-se, um bocadinho é tudo quanto basta, enquanto perfilados os soldadinhos que também coçam, a farda magoa, tecido de fazenda, e a boca seca, a boca gretada, cieiro, a boca irritada e um paninho encharcado, a dizer que Boa Páscoa, Bom Natal, Meu Rico Santo Antoninho, um paninho encharcado enquanto o lábio cai, enquanto o lábio pesa, enquanto o lábio desprendido, a boca uma cicatriz, a rasgar a pele do lábio, e um paninho e os dentes, inchaços e hemorragias, as gengivas doentes, quais paninhos, a caírem os dentes, a caírem os lábios, a pele seca, como assim a minha mulher magoada, e não sei se ri, se não sei se pensa, a mastigar e a engolir, a embarcar soldadinhos

(navios e fragatas, vacas, rolas e pombos)

e, apesar, tão bonita, tão palavras que nunca lhe disse; tão.

Os tufos de cabelo da minha Silvina e eu a arredá-los, a caírem como caem molhos, a apanhá-los, de pá e vassoura, a agarrá-los, a pô-los na pá, a varrê-los

(pétalas pardas)

outra varredura, a pá cheia de vacas, rolas e pombos que não cabem navios e fragatas que chamam soldadinhos a embarcarem

a varrer, mais um pouco, um saco do lixo para dentro dum caminhão

tufos e bolas de cotão

e a casa limpa, a limpá-la, a varrer, tufos e dentes e gengivas, bocadinhos de lábios a caírem, enrolados na pele seca, mais tufos e mais bolas de cotão

— Farias gosto nesta casa limpa

sem mover, sem mexer, ao som dos tique-taques

pêndulos, ampulhetas, a pá cheia

e o candeeiro a dobrar-lhe a sombra, que não se lhe vê o inchaço e a boca desfeita, e tão bonita, tão, e, por isso, os meus dedos pequeninos, a fazê-los pequeninos e todavia disformes e papudos para que difíceis no acender da luz, para que difíceis e não sejam mais do que sombras porque nas sombras a minha mulher (tão) bonita e não uma boca desfeita e não tufos e não bolinhas de cotão que eu a varrer, a pôr a casa limpa porque ela ia gostar, e os dedos papudos e disformes a apalparem fósforos, pequenos riscos ásperos, translúcidos e quebradiços

(outro que se apagou)

assim tão bonita, assim tão.

Tocam à porta.

Varro tudo, os paninhos a enxugar, do outro lado da rua as molas e a roupa a secar, a passar o vento cieiro, o riso dos soldadinhos que riem com dentes, e se não riem é porque escorbuto a embarcarem. Varro; e a porta toca; a pá no lixo

passou mais cedo o caminhão

— Já vai

e o balanço a balançar, eu a fazê-lo oscilar, que balance, e com os tufos os dentes e as gengivas uma cabeleira, uma máscara, a tapar o rosto como sei

(não sei se sabe, não sei se pensa, mas conta vacas, rolas e pombos)

a cobrir, a esfoliar, uma camada de pele, uma cobertura de pó

não sei se é mentir esta máscara, não sei se é verdade esta cabeleira

— Já vai

e não vai, ficamos aqui, quietos, a oscilar, a fingir que estamos vivos, que a minha mulher, que os dedos papudos e disformes não existem, que pago à companhia da eletricidade e que não risco sombras porque não quero saber das sombras, que a luz do candeeiro é uma farsa desnecessária, porque ela não é para ser uma mentira, porque afinal está viva, porque afinal respondo já vai e vou mesmo, porque não preciso que a saibam realmente morta, realmente a cair, realmente um corpo defunto a desfazer-se, porque nada disso, e mesmo que o intercomunicador avariado e todos na saleta sem saberem das varandas e dos umbrais porque a minha mulher ao lume

— Entre, entre, um chazinho?

mas tocam e não já vai e não entra ninguém.

— Vamos, meu amor, agora silêncio, ficamos aqui escondidos, tu deitada e acocorada que eu silêncio que não nos vejam que já nem subo as escadas dois a dois, dou apenas som e vida ao toque dos tique-taques dos pêndulos e, ainda assim, as ampulhetas a escorrerem que a areia mais silenciosa, mais fugaz, mais silêncio, meu amor

Parando a cadeira e o seu chiar

— Já vai

e não vai. Vamos ficar assim que a minha mulher é uma farsa, é um dito corpo morto que eu faço aos outros julgar viva e pungente, e, afinal, como se disse, um corpo deitado sobre as costas do mundo, acocorado diante de Deus e que Ele a tenha, porque daqui apenas um odor putrefato dela, do seu corpo a decompor-se, e apenas a luz dum candeeiro, dedos papudos e disformes em fósforos, para que ninguém saiba que a trago morta, que a trago escondida, que é um balanço que balança porque somente eu a oscilar

— Já vai

e não vai, porque a pá tão cheia.

O balanço parado. Tão.

5

Uma cena de caça especada num caixilho dourado; a disparar uma espingarda embalada numa caixa cartonada; seis pólvoras que rebentam se bem acertadas; invólucros e caixilhos todos têm quando armas; tudo armado para se fazer uma cena de caça, a apontar, a disparar, a fazer mira, os inimigos contra uma parede, vários hectares de terra desabrida, a caçar, e os inimigos todos patos e perdizes a levantarem dos galhos secos porque a terra queimada e os galhos secos, zarros e rolas-bravas contra uma parede e a espingarda que dispara

invólucros e caixilhos

contra uma moldura dourada que representa uma cena de caça. As paredes revolvidas, também aqui as rachas da umidade, também aqui um pouco da terra queimada ainda que invólucros e caixilhos e molduras que apenas representam cenas de caça.

Visgarolho, a tropeçar manco duma perna, que se arrasta pesado, arrastando-se, pesado, numa perna coxa e aleijada que também disparada, ainda os rebordos do joelho pisados porque nem tudo caixilhos dourados, a acompanhar a mão enrijecida a contar as notas entre o estrado e o colchão

aos apalpões pelo escuro, onde para a caçada, os galhos secos a tremerem agitados pois que voaram os patos, os inimigos em debandada, a disparar, seis cartuchos secos a rebentarem ao som das asas que voam e que batem como cartuchos vazios, como o invólucro de seis balas a rodarem enquanto a moldura pendurada. E, nas costas dum tigre, dum leão, garras e jubas pintalgadas, simplesmente uma cena de caça, pendurada num caixilho onde se move o cilindro que conta as balas

(são seis balas)

é um prego fino na parede rachada a pendurar a cena na moldura dourada que se acha e nela dispara, um prego fino nas paredes descascadas, e o cimento a adivinhar que seis buracos são seis tiros disparados por uma espingarda de caça; a aproximar junto dum tigre, dum leão, a acertar a mira o disparo que não sabendo da perseguição ao animal ainda assim um felino e deitado nas suas costas, garras e jubas pintalgadas para fotografar e ter pendurado no caixilho como cena de zarros e rolas-bravas

são seis invólucros vazios.

Nem sempre atira, nem sempre acerta

a mira bamba a atirar para acertar

porque um louco coronel que é sargento, antes um sargento armado a coronel a olhar uma parede e a apreciar uma moldura duma cena de caça e nela dispara, e, enquanto isso, o prego fino a ceder na parede úmida e desgastada. E já que

seis balas e seis cartuchos a uma parede

então a mira torta, a mira bamba, a mira medrosa, a fazer-se envergonhada, escondida por trás dumas medalhas numa feira de velharias que não mais do que um sofá ao preço mais baixo no centro da sala porquanto nem sempre acerta nem sempre atira e nem sempre coronel e nem sempre as chagas no joelho ganhas na guerra, e, por isso, escondido, atrás do sofá, temeroso porque não acerta, porque falha e é ao lado e tudo isto não passa duma cena de patos e perdizes emoldurada num caixilho dourado

— Meu general, são seis balas e nenhum tigre ou leão

são seis buracos no estuque descascado, um aperto para quem carrega medalhas qual aldrabão, e também assim posto debaixo duma mesa, rabo ao léu, quanta miséria, a gritar lá para baixo que da marquise veem-se os soldadinhos desfilar que prestes a embarcar, e o nosso sargento feito coronel a berrar que é deles obrigação, e, novamente, o rabinho ao léu, debaixo da mesa, o sofá, esconde-se por trás, esconde-se por debaixo, esconde-se por onde couberem as retrizes ao léu que já conta seis buracos duma espingarda de caça e umas medalhas que são história de aldrabão.

Outro tiro

este pela culatra (também palavra de espingarda)

e a besta imóvel e nem tigre nem leão

abocanha e fere

plantada à luz do quadro que é também um pé descalço duma perna manca a humilhar-se para junto da parede a contar seis e mais um sete, outro no cimento que não nem a cena de caça. Encostado a um cantinho, a urinar-se como menino que o prego fino a descer pela parede e o caixilho dourado estatelado no chão e correndo um tigre um leão que abocanham e ferem os soldados lá embaixo agarrados ao chão que embarcam e fogem dum tigre e dum leão que um sargento medalhado não mete medo porque virado para uma parede a fazer as letras do alfabeto numa parede por onde escorreu um prego fino e a urina dum medroso envergonhado que se apanhou com medalhas e tiros secos que nem uma cena de caça vale uma ordem a um batalhão e já nem passarada em galhos secos que todos assustados

caça espantada

e se os inimigos contra uma parede, todos bem acertados e molhados, a mira direita, contavam sete a caírem todos contra o chão, se sete inimigos nesta guerra então a guerra feita, então seis medalhas e uma condecoração, então, sim, coronel, então não sargento, então não uma mesa e um sofá que por trás e por debaixo traz o rabinho ao léu, todavia dispara num quadro pendurado que também numa feira de velharias o fez homem a quem as senhoras

— Bom dia, senhor coronel (sô Monteiro)

todavia um aldrabão que disparou sete contra uma parede onde um prego fino desliza uma cena de caça dum tigre dum leão onde patos e papalvos voaram que, se não medrosos, pelo menos envergonhados dum sargento que não atira certo uma em cada cartucheira de sete

seis balas mais uma (que é para acertar na conta e comparar os nove).

6

Às VEZES, FICO NA CAMA, SUSPENSO, a ouvir, tal qual sonatas, os gritos das dores das meninas lá em baixo no terceiro frente. Ouço as mãos que as seguram, o peito ofegante da menina Irene, as mãos que as aguentam; agarradas à barriga, a dizer-lhes que é só mais um bocadinho, está quase

e quase tisanas

os sons a subirem por aí acima, e eu extático, interrompido, a pensar no nosso menino, numa catrineta além-mar (que não aqui), que tem por mãe apenas um corpo, e por pai uma coisa não muito diferente, coisa que respira, apenas que suspenso

respira e suspende

e os sons a aumentarem, os trejeitos de como se me incha o tronco contra a almofada, como arfo e desenho um arco, prostrado nesta enxerga a que já não mudo os lençóis, a que já não preciso, não quero, onde me deito como envolto num poema de cinco e quinhentos, atado por um laço, comprado numa banca de jornais

o poema a desenhar um arco

formando um pilar que me sustenta os braços doridos, as pernas dormentes, as costas magoadas, todo eu poema em suspenso, todo eu bêbedo, a ouvir também os estores a enrolarem, os ônibus a passarem na avenida, as escadas por tardoz a abanarem, a madeira do soalho a estalar, tiros contra uma parede que não acertam numa cena de caça, e mais gritos, mais está quase, mais só um bocadinho, mais não aguento, virando-me, dum lado, virando-me, de outro, enquanto o poema, quatro versos apenas, nem rima, a desenhar um arco que vai da minha posição na cama até à algália cheia (vou arranjar um penico que não me ajeito com isto), sempre que me levanto dos lençóis sujos começam a dar-me as comichões, não os mudo, e o arco imperfeito, sem penico, a aliviar-me onde posso, agora dum lado, agora do outro, não tenho tempo, apenas as respirações combalidas, apenas eu pendurado em mim, suspenso, os estores hesitantes, enrolam para cima, enrolam para baixo (não tenho tempo para mandar arranjar os estores) (e comprar um penico), as dores do corpo da minha mulher para cuidar, e tropeço nos meus excrementos, um pano ao meu lado onde limpo a boca que os lençóis estão por mudar, de novo até à sala onde a minha mulher continua sentada no balanço, a balançar, em balanço balanço, numa vaga a catrineta a saltar e o nosso menino no tombadilho a conter-se, a enjoar, a conter-se, a deitar ao mar já não contido, e também os lençóis vomitados (que não os mudo), a limpar a boca com este paninho que deve ter as iniciais da minha mulher algures, procuro no bordado de linha vermelha o S desenhado, e lá está ela, contínua, imóvel, não suspensa

(não respira e não suspende)

não fala, não se move, não desenha um arco, não faz poemas, e eu zonzo, a misturar duas aspirinas, medicamentos e peçonhas, tudo num copo, tudo misturado, uma dor de cabeça, dói-me, o corpo estalado, mais duas aspirinas num copo, as frieiras nas mãos, tremeliques, toda a noite um travesseiro a pisar-me as costas, a girar de lado, agora deste, depois daquele, barriga para o ar, a contusão é uma marca nas costas, o ácido a borbulhar no copo, o meu corpo marcado e macerado, rasgado como as aberturas das meninas lá em baixo, tudo cosido à linha, onde encontro as suas iniciais e a data dum casamento num dia de sol, as nossas alianças numa casquinha de prata, o fotógrafo encostado ao altar, o ambom tropo a cair para cima de nós, os dedos suados a tatearem na prata fria, o padre tropo a cair para cima de nós, os meninos do coro a segurarem o altar, a dizermos, tropos, que sim, e o meu patrão tudo berros, tropo, exaltado, que faltei ao trabalho para me casar, eu sem ouvir e um manguito à socapa da cruz, uma tia velha que é madrinha da minha mulher e deu-nos um cheque que levantamos no banco, mesmo sem gostar de mim, sem gostar do vestido da minha mulher, sem gostar da gravata e do lencinho na lapela, sem gostar sequer, os meus sogros a caírem para cima de mim, os meus pais já enterrados no cemitério da igreja (tenho pena), a aldeia toda em festa, senão os convidados, a tabuleta Magos que para lá são três quilômetros, estamos a chegar, mais uma curva na estrada, tão bonitos os castanheiros na nossa terra, tão bonito um dia de sol na data do nosso casamento bordado no lenço onde as iniciais da minha mulher que lhe ofereci

— Gostas, Silvina?

a sairmos da igreja para irmos comprar uma casa, esta casa, o cheque sacado no banco, as rimas dos poemas contidos nas músicas do coro, já todos por cima de nós, quase enterrados debaixo dos castanheiros dos meus pais (tenho pena), já duas alianças nos dedos e a assinarmos para a paróquia de Magos, uma cópia para Deus Nosso Senhor e outra cópia para o Governo

Nosso País, a assinarmos para a escritura duma casa, também em duplicado, para a certidão de nascimento dum filho

(sujou os pés do comandante com os restos do almoço e agora limpa conveses em barcos de recreio que já não há catrinetas)

e, enquanto isso, o arco a desenhar-se pela ponta dum cateter, debaixo das cicatrizes rosadas, cosidas à linha, tudo gritos, tudo pancadas nas frontes, quantas borbulhas conto num copo com quatro aspirinas e medicamentos, bufo-me que são os gases das borbulhas, um cheiro, todo eu habituado a cheiros, neste prédio muitos indistintos que não sei se virão todos do ralo, e, também enquanto isso, uma janela aberta, só uma pequena nesga duma fresta dum estore avariado que dá para a conta da farmácia vencida a sessenta dias, não tenho tempo (repito) e não me deram a aposentação, do outro lado da rua numa cruz verde a piscar, a cruz da igreja caída por cima de duas alianças numa casquinha de prata, fizemos vinte e cinco anos de casados, também nesta casa, e a avenida em obras, os cantoneiros a pegarem ao serviço às seis da manhã, (parem, parem), são roçadeiras na minha aldeia, eu que adormeço às quatro e a minha mulher que não dorme, e o nosso menino que faz turnos de quatro horas com quadras que não rimam em poemas de cinco e quinhentos comprados nas bancas dos jornais (não dorme), cheios de pó, cobertos por um plástico porque as gruas e o cimento nas betoneiras a moerem na minha cabeça (parem, parem), hemialgias várias e porém o corpo todo, o peito sobretudo, a arder, a clamar, punhais como amoladores de facas para chouriço, a goela do galo a pingar, no colarinho da camisa branca uma pintinha

— Deixa-me limpar-te isso, António

a molhar com a saliva a pontinha do S

— Já está

todo eu grosso e despido apenas com dois botões da camisa sem tempo para pregar os outros cinco, pontinhas várias no colarinho e já nem o S porque a minha mulher numa camisa de noite para lhe cobrir o corpo e uma mantinha nas pernas que faz frio porque os estores avariados e as ventoinhas avariadas, o pequeno aquecedor pendurado na conta da eletricidade, e contorço-me, cuspo tudo para uma caixinha à cabeceira que já chega de sujidade e de lençóis por mudar, e algálias cheias, e excrementos a tropeçar, e a boca seca, e o amargo do vômito, mastigo um torrão de açúcar, começo como um cavalo e depois paro, lá acalmo, ganho as forças que tenho de ganhar, esqueço que tropeço (e que tropo) e que já contei as borbulhas de quatro aspirinas num copo e lá vou para a ginástica da manhã, os bracinhos ao ar, as perninhas em movimento, tudo isto para que a minha mulher não ganhe as escaras, para que não fique o corpo sujo, as crostas dela também vêm dos gritos das meninas lá em baixo, mas ela tão imóvel, é-lhe tudo isto tão indiferente, e às sete da manhã que as obras na rua da farmácia, do outro lado, eu virado para este, já começaram, coloco uma panela no fogo e faço-lhe o almoço porque nunca consegui desenhar um arco e fazer uma rima para um poema, por isso mudos, porque ela corpo, então calada, e eu não falo, não sei dizer, e ficamos ambos nas nossas palavras caladas

uma estrofe de quatro versos que não rimam

eu suspenso, ela imóvel, a almoçarmos embora nesta casa nada para comer porque não me ausento nem meia hora, nem uma lata de tinta, nem a minha mulher come, nem poderia porque toda ela corpo parado, e ficamos, assim, perdidos no nosso silêncio, na nossa casquinha de prata, escutando apenas tudo o que tomba para cima de nós, também picados dos ouriços dos castanheiros de Magos, também o barulho das esferográficas a assinarem escrituras, certidões de nascimento, várias cópias e duplicados, também os gritos que vêm lá de baixo, as mãos apertadas do está quase, a menina Irene, as meninas da menina Irene, os ônibus a passarem porque nesta avenida de quinze em quinze minutos, até o piscar da rua da farmácia me dói, a velha da tia a assinar o cheque, o manguito para o meu patrão, os disparos do fotógrafo, e o altar e o ambom a tombarem, a gostarmos do silêncio das alianças que batem na prata e não fossem estas dores, este meu peito, esta minha cabeça, estas aspirinas mergulhadas num copo, e podíamos já ser dois corpos aqui parados, a fazer outra conversa, a ficarmos mais mudos, para que ninguém nos soubesse, e porém ainda faço o barulho com os talheres, a pôr os ossos de lados, o meu semblante que se agita na luz da parede que faz uma sombra

(fósforos riscados)

o chiar do seu balanço, a almoçarmos calados, eu ainda suspenso, eu ainda a respirar, eu ainda a pôr os ossos de lado e a cadeira a balançar, enquanto isso temos de esforçar-nos para que não nos ouçam, para que não nos saibam cá, se bem que tenho ideia de que os cheiros já começam a notar-se, mesmo que mande arranjar os estores, abra mais do que uma nesga, o cheiro ainda assim

se nos ouvem, apanham-nos

porque chamam a guarda, porque tenho a minha mulher feita cadáver a apodrecer e vai começar a cheirar, um ralo muito cheio de porcaria ajuda a disfarçar, e no segundo esquerdo a pólvora, e no terceiro frente as entranhas das meninas a escoarem todas pelo ralo, os rapazinhos por tardoz a deixarem para trás caganitas que também cheiram

(sô Monteiro)

é muito cheiro, mas a minha mulher e os meus excrementos onde posso vão começar a cheirar, e ouço o coro do dia do nosso casamento, há vinte e cinco anos, os cânticos como bálsamos nos nossos corpos moídos, o da minha mulher, defunto, láudanos a amaciarem nas crostas, o cheirinho da flanela numa cama feita de lavado, o poema da música do coro que não caiu por cima de nós é um arco que me deixa em suspenso

a respirar

e já lhes caíram os lábios, a língua empapada, a garganta inflamada, o som dum cântico numa igreja para um casamento faz vinte e cinco anos, agora cadavéricos, agora a coalharem como a sopa que pus ao lume que nem tudo podem ser ossos, mas mais cheiros do calombo, eu já a comer por uma palhinha, já por um cateter, já sem um penico, à espera, sustido no ar como um balão

gás

iminente, a qualquer momento, que a minha mulher renasça, que os dois nos calemos de vez, que prometi tomar conta dela enquanto não baterem à porta, enquanto não vierem cá com mais barulhos a ver se dão conta do cheiro

— Ó da guarda

para saberem o que para aqui vai, para saberem o mal que fiz, o que fui eu fazer, enquanto isso, respiro

só mais um bocadinho, está quase

— Sim, António

ela, um corpo

— Sim, Silvina

eu, um falso doente.

7

No dia de ramos, dobram os sinos no alto da igreja; a fama das flores mistura-se no incenso das capelinhas mais longe para

— Aquele que vem em nome do Senhor.

Vem duma banquinha. A florista a vender os ramos a cinco e quinhentos, serve a paróquia e o jumento onde vai montado o Senhor. À hora da procissão, pelo ponteiro das sete da manhã, já três meninos colhidos, embarcados na catrineta, a cheirarem aos crisântemos ainda que toda a cidade a cheirar à mesma malina; tudo corpos ao ar; às sete badaladas, três meninos e o ponteiro a rodar a favor do nome do Senhor. Nas flores, os bichinhos a desenrolarem-se, umas amarelas, outras da cor que são, apenas flores, apenas raminhos, apenas uma banquinha que às vezes a guarda não a quer ali, que às vezes a guarda toca para o andar da parteira e a campainha ruidosa, baralhada com os ponteiros dos badalos que são sinetas, dobres de sinos de igreja, a esconder o alvoroço que vem da escada de tardoz, dos olhos a remoerem no chão de losangos, do som do balanço empedernido; mas hoje a guarda passa e não diz nada que as freguesas, muito negras, muito chorosas, a contarem notas de cinco e quinhentos que o jumento do Senhor passa ali

— A procissão passa aqui, não passa?

— Este ano dão primeiro a volta lá por cima mas depois descem por aqui

e desviaram o trânsito lá por baixo, à rua do mercado, e os ônibus, vazios e a apitarem, a fazerem fila

— Quanto é?

— O raminho são cinco e quinhentos, menina

muito negras, muito chorosas, e a guarda hoje não diz nada, não tocam para o terceiro frente; e hoje, a dar a dar, também a menina Irene toda ela muito florida, toda muito cheirosa

— Não quero espiga

— Vieram agora cá deixar-me aquelas rosas

e as flores espargidas, de bichinhos a desenrolarem-se nos ponteiros das sete horas, a cheirarem, que são ainda sete horas da manhã, e os miúdos no parque, sentados num relógio, pendurados nos ponteiros dos minutos, crônicos e mecânicos

(são três no banco do jardim)

a despontarem para a sua idade, a olharem no vazio dos ônibus

a guarda de apito na boca, a gesticular, a rua do mercado mais ônibus, vazios, a fazerem fila, a apitarem

à espera, a medirem intervalos de tempo, aguardando o frio, as mãos geladas, a boca gretada, quem passa, quem os ilumina com os faróis, sinais de luz

— Quanto é?

— O beijinho são cinco e quinhentos, senhor

(nosso Monteiro)

e dormentes, porém rodas dentadas movidas por pêndulos, às sete da manhã, a saltarem com uma mola para dentro dum carro à beira do parque, a imaginarem a tornada que sai da vasilha que assim mais rápido, menos doloroso, mais inebriante, também eles já muito negros, muito chorosos, birras de meninos, e o jumento do Senhor que este ano passa primeiro lá por cima, e a guarda que anda a desviar o trânsito e a implicar com as bancas das flores não traz relógio e esquece que os meninos, as frações do tempo que andam à roda nos ponteiros do parque, que sobem e descem escadas por tardoz, uma tropa fandanga que ainda sem idade para as catrinetas, todavia também lutam, todavia também muito brancos, muito sorridentes, muito novos

às sete da manhã, a sineta já colheu três (escorbuto, talvez).

As freguesas vão passando que vende bem o domingo de ramos e exorta cheirinhos bons que atenuam o que vem dos esgotos da cidade, dum prédio que é um enorme ralo que despeja tudo no mesmo sumidouro, impregna por demais, e hoje não, hoje a guarda não consegue cheirar

dois cães de agarre (mastins)

mas farejam farejam farejam e tudo dissipado no cheiro

— Ó freguesa, que bonitos os raminhos

— A quanto?

— A cinco e quinhentos os raminhos mais pequeninos e os raminhos maiores também

o focinho molhado a dar num sumidouro, a ver por onde escorre o ralo, mas um menino e um balão amarelo, da cor que é

— Levo as rosas

a tapar as vistas, o balão a fugir para o parque e fica preso na escada de tardoz, e os cães de novo a desviarem o trânsito para a rua do mercado, a implicarem com a banquinha das flores, o céu encoberto de balões e já não cabe um ônibus na rua do mercado, e a berraria tal com a banca das flores que se agita o jumento e o Senhor (ia caindo de costas)

— Cuidado, rapaz

toca a sineta para as oito horas para ver se arranca a procissão que já colheu três e começa a fazer-se tarde para dar conta do almoço

— Já começaram lá em cima, mas só agora

— Só agora?

— O senhor padre andou às voltas para estacionar no parque

— Cuidado, rapaz.

Às oito da manhã mais raminhos a cobrirem a calçada, que se acertam num balão rebenta como os ouriços picam as mãos e no parque não castanheiros e ouriços que hoje é dia de oliveiras e palmeiras, os miúdos agora só mais logo ao final da tarde, agora pendurados na escada de tardoz que os militares todos ateus e não ligam a coisas de jumentos e procissões

mas dois mastins sarnentos a farejarem, ladram ao vagar dos ônibus na rua do mercado, de apito a assobiarem, a gesticularem, e um punhado de balões que lhes tapa a vista, o focinho molhado traz muito o cheiro das flores, e não veem tudo, não cheiram tudo, como lobos a morderem na banquinha, a deixarem patadas à entrada do prédio, as botifarras a pintalgarem

— Francamente, que ainda agora deitei um balde

vão embora

— Xô xô

vão embora

— Xô xô, que aqui não há nada

e vão embora, desconfiados a irem antes que um pontapé no focinho

um dia destes a guarda à porta e que se dane que tenham limpado a entrada do prédio e depois também as escadas até ao quarto andar pintalgadas a fazermos silêncio para que não nos ouçam, raio de casa esta.

E dois cães à porta, mas enxotados, mas as flores e os balões passam, também o jumento e o Senhor. Hão de voltar. Por agora, a procissão

— Que é bem bonita

— Ó freguesa, um raminho?

a guarda noutra freguesia

e eu que nem me assusto com o barulho dos cães que já me morderam numa perna quando andava a subir aos castanheiros lá na terra dos nossos pais

— Desce daí, António

e no segundo esquerdo também o sargento mordido numa perna que por isso não coronel, que por isso medalhas de brigadeiro.

Confesso-me assustado. Não quero que saibam do estado da minha mulher, não quero que saibam desta cadeira de balanço, da nossa ginástica todas as manhãs, que saibam que não podemos falar, (o que fui fazer?), e, por isso, escondo o cheiro do cadáver na banquinha duma florista, que dei dinheiro a um garoto para que fosse comprar um balão (tapar as vistas).

E a guarda a livrar-se das carraças, a morder noutro lado, enxotando as moscas que pousam no balcão

moscas de volta do corpo da minha mulher

— Xô xô

agarrados a dois copos de tinto que já chega para dia de raminhos e procissões, que já deram de beber ao jumento que pesa para burro o Senhor, enquanto no televisor sobre uma tragédia dum comboio no norte caído ao rio, que a bola empatada a zeros, que o senhor ministro de achaques pois que foi visto no parque, que a gasolina em cinco por cento, que na catrineta foram já três esta manhã, que uma mulher numa cadeira de balanço, defunta, anda desparecida, e os cães metidos no copo, a mastigarem as lascas de madeira duma banquinha de flores, a rosnarem com o assobio nos dentes e os braços doridos dos ônibus vazios que quem mandou desviar o trânsito não percebe nada que anda uma confusão por causa das obras e os plásticos sobre a banca dos jornais, e a sineta já deu nove horas para um barco no porto a soar, o convés a brilhar, os sapatos do comandante que já passaram dois meses e o barco finalmente estacou, a pastar

o rebanho da procissão na Igreja dos Mártires canta aquele que vem em nome do Senhor

e contam os embarcadiços as gorjetas dos turistas

— Os alemães são quem dá mais

que vão a terra comprar flores que hoje é domingo e a florista não as oferece se não aos soldados da catrineta

— São cinco e quinhentos

e não voltou nenhum que todos além-mar e por isso tudo a cinco e quinhentos

— No café arranjam-lhe essa nota trocada

— Foi um alemão

e no café dois e dois fazem quatro copos de vinho, e dá na televisão que uma mulher numa cadeira de balanço está desparecida, e a guarda por ali, ao balcão da taberna, enquanto o posto fechado que se fosse no norte andavam de volta do comboio caído ao rio e aqui já foi uma manhã de assobios

— O posto só abre mais logo

uma prostituta, um drogado, um ministro, uma máquina de escrever porque um computador avariado, faz-se queixa e repete-se o código das penas, um queixoso que apanhou o mal e roubaram-lhe dois fios de ouro, a filha a levantar as saias na parada, o filho a acender uma colher dobrada, e o posto continua fechado, mais um copo de três, e a prostituta mordida, e o drogado mordido, e numa máquina de escrever

— Desculpe lá, senhor ministro, a canalhada de hoje tem a língua afiada

— Isto dos computadores é o futuro

— Isso é que nos fazia falta, desculpe lá, senhor ministro, isto é canalhada

nas teclas dum computador novo apagaram a multa dum carro mal estacionado à beira do parque, também o do senhor padre, a baterem nas teclas e a baterem na prostituta e a baterem no drogado, a faca e o alguidar, é o que vem no código penal que foi o senhor ministro que o fez, e as saias levantadas e a colher dobrada também às vezes no televisor enquanto o posto fechado. Mais dois copitos que é para o caminho e já se abre o posto mais logo que é de noite que os gatos são pardos, e os cães atrás dos gatos, e os gatos atrás dos pássaros

zarros, rolas-bravas, patos e papalvos

a fugirem para os galhos das árvores que não os apanham que ficam lá pendurados que também lá vão parar os balões, presos nos ramos das árvores como ponteiros de horas e de minutos que não mexem, tudo quieto porque à noite a guarda por ali, e fogem por tardoz, e depois vai-se a guarda e descem dos galhos, a fazerem sinais de luz, os faróis amarelos, são da cor que são, em formato de losangos, e os bichinhos a desenrolarem-se, sem saberem ler as horas.

A banquinha das flores dobra-se em quatro e os cheiros vão, e mais desperta, a guarda cheira qualquer coisa, e com uma nota dum alemão

— Boa noite, senhor ministro, está aberto o posto

— Não é que me multaram o carro

também o meu filho que chegou, desembarcado

— Se é para apresentar queixa é com o meu colega

e com uma nota de alemão

— Eu trato aqui no computador, ora diga lá nome, profissão, idade

— A minha mãe é um corpo desaparecido sentado numa cadeira de balanço

— Nome, profissão, idade

e as horas, tal como as teclas do computador, a baterem monocórdicas, dão de sessenta em sessenta e levam os balões e o cheiro das flores. Os cães mais acossados, mais despertos, a farejarem

— Você é o filho da dona Silvina?

— Sou, sim.

8

Se Deus não dá abertura suficiente vem de lá tirado o desarranjo com a força que se puder achar como, por hipótese, um buraquinho clandestino na barriga

— Isto não vai lá de aspirador

(um buraquinho clandestino por onde passam a salto)

e a parteira, acompanhada por um senhor que vai lá a casa fazer as vezes de passador, a iniciar o procedimento cirúrgico, arfando com os seus dois peitos gordos, e qual touca qual quê, os cabelos lambidos pelo suor a descerem pela cara ensopada, de volta duma hora mais comprida

— Tenha uma hora curtinha, menina

porém, já vai a hora longa e há mais meninas à espera

— Quem as mandou tirar o zero, o zero não é senha

e fazem força, a puxarem, sem cuidados que isto não é uma prova de habilidades manuais, e se mais cedo, mais jeitinho, que até a abertura divina deveria chegar

— Esta andava-me há mais de doze semanas a tirar o zero.

O passador, um médico que doura a placa, é uma faltinha de jeito, a entreter-se com uma cureta que é um objeto médico precioso para ajudar a passar na fronteira, a coçar os ouvidos, a achar a cera que lá se meteu, absorto nas contas da alfândega que esta semana já passou dois para o lado de lá

— Está quieto que isso não é para brincar, ora chega aqui e dá-me uma ajuda

todavia os ouvidos cheios de cera, todavia o passador mais interessado nos peitos arfantes da menina Irene do que no desmancho que já lá vai uma horinha comprida

— É desta, ajuda aí, homem

e desmancha-se tudo no meio do chão, uma enorme porcaria, as formas a parecerem-se com outras conhecidas, senão mais desajeitadas, mais disformes, mais clandestinas

— Ajuda-me a limpar enquanto dou um ponto nisto

uma vassoura que empurra para uma pá, acaba tudo no ralo, e o ralo entupido, por vezes na sanita como quem arria e o mecanismo do autoclismo não faz o serviço, a empurrar com o piaçaba, a centrifugação das formas a serem empurradas, com um desentupidor no ralo do bidé, o caminhão do lixo que passa, do sumidouro um cheirinho, as caleiras a rebentarem, um contrabandista debaixo dum castanheiro à cata da guarda

— Anda lá com isso que a miúda deve estar para acordar

já a abertura então a contorcer-se, as ancas doridas, uns sinais de linha na barriga, o grogue a passar, a olhar para as venturas rasgadas, começando a gritar pelos formóis e pelas morfinas indistintas

tisanas

mas o corpo não aguentado a tisanas, porque afinal mais um corpo desfeito, estalado, curioso como suporta estas dores, senhores, estas marcas, e as unhas que se enterram nas carnes de látex usadas que tiraram uma coisa metida lá dentro, pedindo pela Mãe do Céu, pedindo pela mãezinha, pelos destroços entupidos, pelo mecanismo do autoclismo, pelo piaçaba, pelo ralo, pelo caminhão do lixo, pela caleira, pelo cheiro que vem do sumidouro

— Ó mamã, donde vêm os bebês?

E as cegonhas às cegas, a rodarem em voltas tontas que não fazem como os pombos e as rolas, pousam a meio caminho, voltando para trás, arrependidas e envergonhadas, sem terem onde pousar, soçobrando as lágrimas nas mãos de criança pequena, duma cegonha que não arrependida e envergonhada

— Ó mamã, tenho dores

— Minha senhora, diga lá quanto é

e o trabalho feito pela metade fica a cinco e quinhentos, a entrar numa caixa registadora que dá para os direitos aduaneiros dum guarda que também se pôs à cata a ver quem para o outro lado passa

— Esta semana já foram dois.

Fica depois a cicatriz que é um rebordo mal cosido, uma agulha fina a bordar por lá de onde se retirou, onde estava dentro dum corpo uma forma parecida com outra que se conhece; de resto, alivia-se com tisanas

— Tisanas, menina, tisanas

um rebordo que deixa um altinho do que foi arrancado mas que haverá de desinsuflar, que haverá de ser uma montanha sucumbida, agreste e infértil

(os bravios a amontoarem-se de espigas assanhadas no sopé da montanha, e na raia os passadores)

um altinho infetado aliviado com tisanas, o melhor que se arranja por cinco e quinhentos, o melhor que Deus tem para uma abertura pequenina e uma bolsa mirradinha, um rebordo que fica do que veio desmamado e sem mama por onde pegar, mais enjeitado do que órfão, sem rosto e sem pele, todavia a parecer que se conhece, todavia a parecer que já vi aquilo em qualquer lado, mas são cinco e quinhentos e não foi lá de aspirador, e são bem mais do que cinco e quinhentos mandar limpar as caleiras, arranjar o mecanismo do autoclismo, um novo bidé

— Deixe aí as notas

e a parteira a fechar os estores que dão por tardoz

— Miúdos malvados, sempre a espreitarem o raça dos maricas

— Devias mandar arranjar isto

— Logo se vê

os losangos à espera e a menina Irene na casa de banho a fazer as necessidades que afinal todos nós voltas na barriga, tem um truque o mecanismo do autoclismo, limpa-se no bidé, enxagua as notas, contas para a guarda e contas para o passador, um senhor que vai lá a casa ajudar, um médico que põe a placa a dourar, os pincéis e os rímeis caídos no lavatório enquanto a torneira semiaberta a inundar o chão para lavar

— Não te pedi que trouxesses a vassoura?

agora já só vai de joelhos no chão porque cinco e quinhentos também não fazem uma mulher rica que não tenha de andar de gatas a limpar, um toque no mecanismo do autoclismo e tudo a escorrer, centrifugadas as entranhas umbilicais que formam uma grande pasta maciça capaz de desligar mãe e filho, não tão diferente quanto mãe e filho de verdade, porém aqui apenas a separá-los outra verdade

— Mamã, tenho dores

e agora desejaria que a cegonha não arrependida, que não envergonhada, pousada, a gritar as dores duma hora curtinha

— Haveria de ser bonito se o teu pai

e os pombos nos parapeitos das janelas deste consultório clandestino

(caganitas)

— Uma vergonha

(fica debaixo duma fila de castanheiros na raia, junto ao sopé da montanha, pelo caminho que segue pelos bravios) cagam nos ninhos das cegonhas e empurram-lhe os ovos lá para baixo para a estrada que o andar ainda é alto, e vão embora, interrompidas, e se insistem, os miúdos por tardoz

— Maricas

agitados, naquele corrupio de subir e descer, afastam os passarões peralta e ficam só coisas que se parecem com o que se conhece (os estores recolhidos escondem muitas coisas).

Uma menina a mancar, tropeçando nos losangos

— Tisanas, menina

— Agarra-te a mim, o teu pai que não te veja assim

e outras que lá estão a remoer com a senha número zero nas mãos molhadas procuram outros losangos, têm estas também os olhares mancos e em breve mancas da anca de verdade, porque não têm culpa as meninas, têm apenas o corpo que têm, apenas o que lhes deram quando as cegonhas delas não cegas, porque foi o que se achou que deveriam ter, e por causa disso todas elas mancas, por causa disso todas elas de sorrisos apagados, as sevícias no rosto, as chagas dos rebordos mal cosidos

— Depois tire-lhe os pontos em casa que tenho tudo cheio até à Páscoa.

(Apanharam um a dar o salto para o outro lado da raia.)

9

Visto pela primeira vez no exercício dos poderes públicos quando ainda a barba a desfiar-se num tufozinho imberbe; porém, já as lajes do foro insuficientes para então correr o juro de quem devia couro e cabelo. A voz esganiçada nos corredores parlamentares, ouvindo-se todavia abafada debaixo da lona de plástico das bancas dos jornais onde as manchetes peculato fraude infrações econômicas várias, também a sindicância e o inquérito abafados pelo remexer na caixa das moedas, pela pesagem dos ouros governamentais, pelo escorrer das dízimas e das derramas distribuídas por uns e a verem-se outros a tirarem a senha número zero; um país de ladrões, vigaristas e trapaceiros.

— Ladrões

Tudo a encher a boca

(a boca muito cheia)

as gentes muito atravessadas

— Que me dão os nervos

(o povo muito irritado, muito com a boca cheia, muito com a boca azeda)

— Vigaristas e trapaceiros
e todos dizem e todos contam
(à boca cheia)
que é país de ladrões vigaristas trapaceiros, um país onde muitos tiram a senha com o número zero e as bancas dos jornais cobertas por lonas de plástico.

E o senhor ministro, debaixo da lona de plástico, com a voz esganiçada

— Juro pela minha honra

enquanto diziam

— Ladrões vigaristas trapaceiros

à passagem da caravana e lá montado o senhor ministro

— Este ano começam lá por cima

— O jumento

— Olhó respeitinho

tão pálido, tão debaixo duma lona de plástico numa banca de jornais

(as obras da rua e um pó poinho)

a definhar, de volta dos miúdos, a bengala nos miúdos, brandido com a pasta no ar, a enxotar os miúdos e a bengala nos miúdos. Corre atrás deles, corre atrás de si, vira-se sobre o seu capote, a rabiar, à procura dum rabinho ao léu

(onde meteu a pasta?, onde andam os meninos?)

a procurar um rabinho lavado em água de malvas, a ver se dá com ele, e mais bengaladas nos miúdos. E um menino para o ministro

— Sotor, beijinho?

e o ministro para o menino

— Canalha

e então o menino a pegar nas pedras soltas do jardim e a atirá-las, pumba que acerta em cheio na pasta do ministro, pumba mais outra, são pedrinhas, são coisas de meninos, brincadeiras de garotos, graçolas de rapazes, de carinha deslavada, mais pequeninos quando os faróis do carro a fazerem sinais de luz, quando o nosso sargento a agitar a notita para o tabaquito, quando os sotores às noites de sexta-feira à porta das boates, quando apenas cinco e quinhentos o beijinho, quando bebe aqui conosco uma cervejinha que não há cá leitinho, quando tenho uma casa junto à praia com *outros* meninos da tua idade e lá cigarros e lá cervejinha e não tenho é leitinho e dou-te mais quinhentos para o comboio de volta que te deixa na estação da Baixa, quando num espaço duma selha apertada, escondidos por trás dos arbustos amadurecidos, plantas que picam, e os senhores ministros a cobrirem a selha com o capote e com as alças da pasta seguras para que não roubem os papéis que lá dentro a regência do país, quando os meninos ao frio e à chuva debaixo das árvores do parque a jogarem às pedrinhas contra quem passa quando não querem servicinho. E o menino, de corpo corcovado, já também faz conta ao peso da sua vergonha, a cair por si abaixo, pensando num bebê que mama numa cadeira de balanço, uma tábua de madeira que chia ao passar, a esconder-se numa selha muito apertadinho, e as tábuas que rangem, ai que o descobrem, que conhece o nome dos sotores, o Picha, o Verruga, o Martelo, o Aleijado, o Sargento, e o povo com a boca muito cheia a ver no televisor

— Ladroagem, cambada de paneleiros, que se fossem os meus filhos

quando à noite no parque nem vivalma afora pichas, verrugas, martelos, aleijados, sargentos e sotores, afora meninos pendurados nas árvores sobre os galhos a quebrarem-se ao som duma serra que corta a eito, o pessoal da câmara a fazer lenha para uma grande pira, para pendurarem no parque bolas iluminadas por altura do Natal, mais as folhas e o sargaço enrolado à volta dos pés dos meninos descalços, um atoleiro de folhagem que serve para cobrir as selhas partidas, e os que não cabem debaixo do capote numa cabana ao fundo do parque, lavados em lágrimas, notas de cinco e quinhentos, enquanto fogem da escola, enquanto faltam às aulas porque a esta hora da noite a escola fechada e não fumam no pátio das traseiras, e vão comprar maços de tabaco e fumam os cigarros nas casas de praia

— Isto um dia ainda dá barulho

um grande processo

— Vai tudo de cana

e não apenas sargentos, também generais, e não apenas sotores, também doutores de canudo e ministros com e sem pasta.

E o nosso ministro, coçando as dores, inquieto, o vírus atento a multiplicar-se nas células, doente que não conhece mezinhas e tisanas não obstante outros remédios para outras maleitas

vai correndo, a fugir das pedras, as calças numa mão, a pasta e a bengala na outra, pumba, tropeça, pumba, cai

— Anda cá, canalha, que me pegaste o bicho

e os macaquinhos

(graçolas de garotos)

sobem às árvores, atiram pedras e pedrinhas, e o ministro agarra um, dá-lhe duas bengaladas, os outros fogem por um buraco na parede da cabana que há ao fundo do parque, ninguém manda chamar a guarda, e sobem a uma árvore mais alta que o ministro não consegue subir, porém também já entretido com o mais novo que agarrou

a presa fica esta, o bicho pode ter qualquer um

amarrado pelo cinto das calças caídas, e acerta-lhe com a pasta amassada das pedrinhas, mais uma bengalada, as calças na mão, os meninos pendurados na árvore a fazerem de macaquinhos, pedras e pedrinhas. Agora o garoto já não se levanta, pumba pumba

— Canalha, que me pegaste o bicho e trago a picha vermelha

e os macaquinhos nas árvores, cansados da zombaria, a deixarem-se ficar absortos a assistirem, a verem que a cara dum garoto que era somente deslavada, agora esmurrada e ensanguentada. O ministro a sová-lo, a cabeça aberta e um olho perfurado

(os jornais debaixo dum plástico por causa das obras)

e os macaquinhos assustados, já nem pedras nem pedrinhas

— Era tão novo

doze ou treze anos e já fumava.

E foi-se o monstro, já não então senhor ministro, já não de voz esganiçada, à passagem dos miúdos que caíam das árvores, quebrados como galhos secos, varridos pelo pessoal da Câmara a pendurarem em novembro bolas de Natal, atônitos apenas, sem terem onde se esconder, tão novos, um veio para cá aos onze anos, outro aos doze, e a ministro ninguém antes dos quarenta que também não chegou aos quarenta e cinco que no mecanismo do portão elétrico da garagem um nó duma gravata, a enrolar-se jiboia no pescoço, e depois saiu nas notícias, debaixo do plástico para que não fizessem caso, e abriram o posto da guarda para lá recolherem as pistas e os indícios e não dissessem homicídio que nós sabidos do suicídio

— Malandro

agora pendurado no mecanismo elétrico do portão da garagem também já não importa

— Era bom homem

debaixo da lona de plástico.

— Pergunte na barraca dos gelados da praia

— Canalhada, sempre a gozar.

Ficou para lá o garoto amassado, também a pasta com que se rege a nação

(ladrões e canalhas a brincarem aos macaquinhos pendurados nas árvores).

10

Acordei às quatro da manhã, de novo às cinco. Depois, já não dormi mais; passou o caminhão do lixo.

A minha mulher continua sentada na sua cadeira de balanço, imóvel e suspensa. Está doente. Está morta. Agrilhoada pela sua decomposição. Vamos passear

(recordo apenas)

sem me julgar muito interessado porque como uma dor as recordações, como este peito remoído que pica e pica quando penso em nós, de quando éramos. E fico cheio de frio, sinto-me gelado. As mãos fora das luvas de cabedal oferecidas pelo nosso aniversário

(chegamos a fazer vinte e cinco anos de casados, a sermos como são os casais)

as mãos com frieiras, a apalparem no gelo, a esfregarem-se uma na outra na geada da manhã que em branco à roda dos barrancos onde os castanheiros em Magos; aos apalpos no gelo, a neve aqui caída sobre o nosso parapeito. Temos frio. A minha mulher tão fria. Estamos na nossa aldeia

(recordo apenas, digo)

e passeamos. Estamos lá, a cheirar a neve debruçada sobre os castanheiros que quase quente, enquanto aqui este parapeito quebrado por onde as nesgas deixam passar um outro frio, por onde os buracos nas paredes são enormes aberturas que deixam (deixam passar), subimos junto ao rio, as nossas mãos uma na outra (as nossas mãos dadas) que se dão e se enrolam em luvas de cabedal, e eu que lhe dou um beijo junto ali, junto aos castanheiros, outras dores no peito, outras dores na barriga, picadas insuportáveis, porém êxtase, porém vida. Recordo apenas, não um casal que já não se olha, que já não luvas para vinte e cinco anos de casamento, que já não quatro da manhã, cinco, que já não o lixo um do outro, arrumar a roupa espalhada, a manta do sofá, a muda da cama, as carpetes penduradas ao sol quando o estio, as batatas fritas no óleo a ferver, depois moles, o fundo da sanita borrado, as bolas de cotão junto aos armários, o napperon desajeitado, o pacote de arroz por vedar, as molas da roupa, a torneira a pingar, o vizinho, o televisor e onde para o telecomando, a franja do cortinado comida que é dos bichos, as rachas da umidade, ainda agora, o saco do lixo a verter um líquido para o balde, a louça do almoço, as beatas por despejar, despejas tu se queres, as cantorias do programa da manhã, o nosso filho tudo negativas e num curso de pasteleiro, a minha sogra que liga sem falta todos os dias às oito da noite quando vamos começar a jantar, o gato a mijar no tapete e duas sapatadas xô daqui, os classificados e o resultado da bola a acumularem-se com os talões da lotaria vencida, para que é que gastas dinheiro nisso, as caixas no frigorífico sem tampa e os rojões da semana passada, a cheirar-me o vinho a vinagre e bebo dum trago para que não me cheire, e a ouvi-la na casa de banho a libertar os sons duns rojões estragados, vamos deitar-nos que amanhã arrumas isso que amanhã tenho de passar no banco que a tua mãe ligou e deixou recado que o miúdo já devia estar em casa que nem te vejo acende a luz e chega para lá que vão dar a telenovela que chega para lá que tens o hálito da manhã que nem os sapatos arrumas que já vais tarde para o trabalho que dá-me um beijo que não gosto de estarmos desavindos que nos casamos lá na aldeia e foi uma festa bonita debaixo dos castanheiros que o teu pai deu uma nota por um porco e a minha carne chegou fria mas caramba como eram bons os tempos que o teu irmão embriagado a tirar a camisa que a gravata lhe picava no pescoço que a tua mãe não gostou do feijão como acompanhamento que uma batatinha assada mas o forno pequeno para tanta gente que o padre com o vinho quente mas a gente tem muita fé que nem milagres que se gastou uma massa valente; mas agora quatro da madrugada, de novo às cinco, o caminhão a azucrinar-me o espírito, que à noite me fiz valente e te fizeste envergonhada que com a cabeça pesada que nem desfrutei da passeata no comboio até às termas ali perto que ao lanche uma fatia de bolo que foi um chiqueiro de caro que foi só um dia que depois tínhamos de apanhar a carreira para a cidade onde numa casa arrendada até comprarmos esta, quando passeávamos a namorar (de mãos dadas), de luvas de cabedal, de mais de vinte e cinco anos de casamento, nem sabia que cheirava mal pela manhã e que não gostava de rojões estragados e que caía gelo nos parapeitos das casas da cidade, que aqui fazia frio que me gelava, que tinha as mãos quentes na neve dos castanheiros juntos aos barrancos da nossa aldeia onde lhe consegui ver a pontinha do peito pela primeira vez, disformes mas bonitos, e tu a dares mama ao garoto que só nos faltava mais esta que havia de ser caolho e já não podia mais ver-te as mamas que a televisão mais alta que o miúdo sempre a berrar que acabou embarcado no mar e a vomitar os sapatos engraxados do comandante que nem para pasteleiro que sempre agarrado ao dedo a chuchar que os outros da idade dele já na tropa todos corajosos e afoitos e este num barco de recreio que nem sabe cantar o alfabeto que se baralhava no M e no N à escola primária o idiota que só sabia contar para o tabaco que quase sempre não vinha com o troco, e quando a minha mulher era bonita, quando a achei bonita até nos peitos mesmo um maior e outro mais pequeno, a passearmos.

Entretanto, a história de que mataram um ministro ou que se enforcou e estragaram um portão elétrico que é uma fortuna, o presidente dá posse ao novo que vem e é outra fortuna que têm de votar de novo o orçamento ao passo que o nosso filho não conta dois mais sem dois sem dar dois erros na matemática, sem contar o troco, sem saber que o M antes do N, nem sei se sabe fazer uma cevada, se encontra uma xícara nesta desarrumação, se consegue aquecer-nos, cuidar de nós, que anda às voltas na cidade a ver se pergunta pela casa dos pais, e no posto da guarda tudo fechado, e esta casa cheia de vento como se também estivesse fechada, quando a minha mulher cheia de frio e uma manta nas pernas que eu a sei com frio (o pequeno aquecedor), mas acordo às quatro e de novo às cinco, sem dormir, não por causa do frio mas porque o caminhão do lixo, os ônibus a apitarem, os martelos e as betoneiras, as obras à rua da farmácia, cá em casa com um pó fininho a solidificar os excrementos líquidos em que tropeço porque não consigo estar na cama depois da cinco, e continuo a acordar, não sei se por causa do cheiro, se o frio, se os ônibus, se as obras, se esta casa, se os ouriços dos castanheiros a picarem, se Magos, se vinte e cinco anos, se os olhos embaciados, também eu caolho, sem ver, porque as cataratas numa operação, o médico sem ver, ó sotor que também não vejo nada, a minha mulher teve de trazer-me por um braço, sem poder conduzir, sem dinheiro para a prestação do carro, olhe que vence juros, e os juros vencidos, tive então de dar baixa na fábrica, e o Estado do ministro e do novo a quem o presidente dá posse a mandar-me um cheque todos os meses que não sei se vem muito se vem pouco que não tenho aposentação e o miúdo que não conta dois mais dois e troca o raciocínio quando chega à letra M já me levantou dois no banco sem que eu, enquanto os ouvidos mais surdos, não ouço, não vejo, a minha mulher, mas peço-lhe silêncio como a neve calada nos castanheiros, ficando só a resfolgar muito caladinho como dois peitos disformes e agora descaídos que não arfam, expiram, por isso enterro tudo nas neves da nossa aldeia, faço passar as memórias pelos buracos na parede onde passam muitas coisas, (ó Deus, o que fui eu fazer?), e o miúdo às voltas pela cidade a ver se dá conta de nós, e já os mastins que passaram a farejar à nossa porta porque o sumidouro destapado deixa passar tanto como passa tanta coisa na porra deste prédio, na porra desta casa que é a porra duma xícara para uma cevada que não encontro, um relógio que balança à volta duns ponteiros intermitentes que tocam cucos como dantes tocava o telefone com a minha sogra todos os dias à hora de irmos jantar, que chaga de mulher, e que o teu marido que te trate e que não vêm a Magos e que são conversas que não se têm pelo telefone que são as conversas que tínhamos quando eu na minha primeira comissão antes de casarmos que não vi lá nem sargento vesgo nem sargento manco apenas um cabo que me chateava os cornos com a arma por limpar e eu que acabei vesgo e manco mais tarde começo a achar que nesta terra tudo vesgo e tudo manco, tudo armado e tudo por limpar, que todas as casas não são boas para comprar, que me penduro nos ponteiros dos cucos e os macacos pendurados nos galhos das tipuanas freixos acácias, todos pendurados, todos embalados, todos a fazerem de conta de que aqui estamos, todos médicos que não sabem ver, mais ou menos definidos, mais ou menos aqui, mais ou menos físicos, e tenho acordado às vezes nesta dor

às vezes às quatro, depois às cinco, e já não durmo mais.

Procuro os óculos no fundo da algibeira descosida que não sou parteira que de agulha e linha a fazer ventres de seda, barrigas de palha, a coser mortalhas sem ninguém saber que também ela não sabe um chavelho de retrosaria, mas tudo graças a um senhor que lá vai a casa e ajuda como se fosse também médico mas que afinal é passador e passa muita coisa pela fronteira, pelos buracos na parede, ou então tudo no sumidouro para que não deem conta nos caixotes do lixo que é onde os cães marcam território, onde mijam os mastins, onde fareja a guarda, e o caminhão do lixo passa por volta das cinco da manhã, à hora que acordo, à hora que já não durmo mais, à hora que a florista monta a banca de gardênias

(gosto de gardênias)

e flores que tais, e já só cheira ao perfume das flores, e já só passam meninos de balões nas mãos, e tudo a usar os mesmos óculos, não os meus, outros óculos, tudo com as mesmas cataratas, todos a serem seguidos pelo mesmo sotor que não vê como eu não vi ninguém na primeira comissão e ligava a pagar no destino para casa da minha cunhada e chamava pela minha mulher, rápido que os minutos estão a contar, e dizia o que não devia, que ela tinha os peitos disformes e que os beijava assim que chegasse, que lhe apertava os peitinhos, que eu valente, que ela envergonhada, que não eram conversas para se terem pelo telefone, que parecia que a minha sogra a escutar e eu a ligar para casa da minha cunhada, rápido, só mais um impulso, depois fazemos contas, deixa-me apertá-los só por mais um bocadinho, eu valente, ela envergonhada, a fazermos amor na minha licença, às escondidas do cabo, e o nosso filho, o idiota, acabou numa nau de recreio ao invés de numa nau catrineta que nem deu para padeiro, a vomitar os pés do comandante, eu valentíssimo, a minha mulher envergonhadíssima, e agora o idiota à nossa procura, às voltas na cidade, nem sabe onde para o sessenta e quatro, que moramos no número quarenta e sete e que o sessenta e quatro vem cá dar certinho, e agora que fecharam o posto da guarda, mudaram o trânsito na avenida, a rua da farmácia em obras, a banca dos jornais coberta por causa do ministro e dos miúdos no parque, o tonto do miúdo não nos sabe procurar em lado algum, e já que não soma dois mais dois ando a ver se faço uma cevada

(algures uma xícara)

se componho a borda do parapeito que deixa passar muito frio que não é a neve da nossa aldeia, para ver se volto a dormir, para ver se volta a ser antes das cinco antes das quatro, altura em que ainda consigo dormir, em que ainda ouço a minha mulher, em que não começo com estas dores agudas que encontro os óculos no fundo da algibeira, em que a casa ainda arrumada, ainda limpa, ainda não pétalas pardas, ainda os peitos da minha mulher só disformes, ainda a neve nas minhas mãos e eu sem frio, ainda em Magos, ainda não esta casa.

Como hei de voltar a dormir, voltar a adormecer, voltar atrás nos cucos dos ponteiros? Fica a minha cabeça pesada no travesseiro que tem uma fronha que não é mudada, há roupa para lavar e a companhia cortou a água, roupa para engomar e a eletricidade, e a fronha e os lençóis num monte, úmidos, não molhados, a cheirarem a ranço, eu que já não enfio lá a cabeça, o chão inundado, a decompor-se, a misturar-se no cheiro da minha mulher, e saudades do hálito da manhã, dos rojões azedos, do vinho avinagrado, do exício dos cucos, que os vizinhos andam todos a perguntar e que a banca da florista não deve ser por acaso mas ao menos vai diluindo os cheiros, afastando os cães, mas tudo desconfiado, o cheiro da urina dos mastins, só o nosso filho, burro que nem uma porta o pobre do garoto, às voltas na cidade, a bater com a cabeça na porta do posto da guarda, não dá conta do que se passa.

E eu, às quatro, de novo às cinco, com a cabeça enterrada no monte de lençóis rançosos para lavar, o chão do quarto inundado, todo eu a cheirar, toda esta casa que é uma bela porra duma casa, a puxar o que sobra da roupa de cama para me cobrir, duma colcha velha que trouxemos do enxoval da minha mulher, a minha sogra a dizer que a puséssemos a arejar no verão e ela calada que tinha de pôr as luvas por causa dos químicos da lixívia de limpar as louças borradas, as louças dos rojões estragados, eu sem saber ajudar e de cabeça especada no televisor muito alto com as cantorias a darem prêmios para barcos de cruzeiros onde o nosso filho, o palonço, a vomitar os sapatos do comandante como ajudante de pastelaria e nunca fez um bolo cá em casa, o mandrião, que tudo negativas e nem nunca foi à terra ver os avós e só ligava pelo Natal e pela Páscoa a agradecer o envelope que dizia "para o neto" que podia ver os castanheiros cheios de neve junto aos barrancos tão altos como o edifício onde compramos esta casa, onde os peitos da mãezinha dele disformes mas bonitos, onde às quatro da manhã os bufos e as corujas são vozes agradáveis não cães sarnentos, mastins que assustam e farejam em roda da nossa casa, em roda de nós, em roda desta procissão que é um desfile a que já não preside o ministro, que passa lá por cima, e o que vale é que a gente tem muita fé, especialmente a um domingo de ramos, apesar de que não me sai da cabeça que são cinco da manhã, apesar de não conseguir deixar de pensar naquilo que fiz, o que eu fui fazer, cheiinho de lágrimas como um menino embalado num balanço, num ponteiro dum relógio de cuco, eu cheiinho de medo, na sentina das louças borradas, minguado como as gentes, anão, minúsculo, um rato, ainda assim não passo dos buracos na parede que nunca conheci um passador, mas podia pendurar-me no parapeito, largar-me, sempre eram quatro andares, cinco se contar com as caves, cair lá em baixo, à hora que passa o sessenta e quatro que é mesmo aqui à porta, e adormecia, ninguém saberia o que fiz, ninguém mais a querer saber do meu travesseiro imundo, esgueirava-me para debaixo duma banca de flores e lá ficava, alimentava-me de gardênias, e acabava-se tudo, eu e a minha mulher então a balançarmos, sossegados, às seis e às sete e às oito da manhã, por aí fora, já sem cheiros, senão o miúdo, filho dum raio e filho nosso, às voltas, tonto, na cidade, o idiota, à procura da nossa casa, à procura como os cães que farejam para saber o que aconteceu nesta casa cujo cheiro nauseabundo deve ser notícia digna duma banca de jornais, a coberto das gardênias e dos balões que passam

já não consigo dormir (e se me largasse?)

II

O NOSSO FILHO, ÀS VOLTAS, a perguntar no posto da guarda

bate bate (duas vezes à porta)

— Está alguém

e se na nossa porta

— Ninguém

há três dias que não fazemos barulho. Passaram três dias (o cheiro).

Há três dias a imaginar labirintos e só um pequeno som que é um lápis a desenhar dédalos numa folha de papel que espirais e circunferências, cortadas entrecruzadas confundidas. O caminho do quarto até à sala corredor estreita corredor alarga escadas parapeito cadeira de balanço muros paredes cortar à esquerda depois voltar pela direita muros paredes reta espiral circunferência darandina a chover para trás embriaguez agora para diante de novo esquerda alarga estreita outra direita perseguição confusão rodar baque cruzamento cair buraco na parede por onde se passa bifurcação volta e tropeções

(estou perdido)

se um balão, agarro e voo.

São duas pancadas na porta do posto da guarda e a porta do quarto andar desta casa a saída que é a mesma que a entrada

um labirinto incompleto.

Às voltas na cidade, à pergunta da mãe, à pergunta de nós se seguir a pestilência dum cano roto que é a continuação dum ralo entupido desemboca num sumidouro à porta dum prédio e sobe quatro andares bate à porta e entra por um buraco (indicações).

Está cansado. Para. Um molho de chaves que com duas pancadas na porta fazem um buraco na parede que abre e passa. Porém, o labirinto inacabado. Os olhos confusos, o cheiro donde vem, muda o vento de direção, que nem cães que farejam apenas a coçarem a sarna ao balcão de mais um copo, que é desta, que é só mais um para o caminho e já vamos, e já desviaram o trânsito, obras na rua da farmácia, um muro alto não dá para saltar, restos da procissão

o labirinto a desfazer-se é uma nova espiral que se enrola ao centro que é um molho de chaves e duas pancadas na porta que não acertam no ferrolho certo. São agora três dias.

Vai batendo e tocando de porta em porta

a cabeça estala-me com campainhas e picaretas

a rodar as chaves, a ver onde encaixa. Tonto, às voltas, se alguém sabe, se alguém viu

flores inodoras balões acromos

e vai dando voltas. Para. O labirinto.

Está sentado na extremidade do ponteiro dum relógio avariado a dar horas que se sucedem sem saírem do tempo, sem saírem do mostrador, fixas, que se rodarem escorrega pelo ponteiro, e, de novo às quatro, de novo às cinco, de novo às seis, como o nosso filho se sucede em voltas na cidade, sem saber que aqui estamos, sem saber que aqui moramos, únicos e perdidos, apenas um corpo e um quase corpo que se olham

labirínticos, pois não

uma mantinha para as pernas e a ginástica da manhã, e a mãe de olhos vítreos, e eu, então, absorto, a ler as horas projetadas num espelho com as manchas da passagem do tempo, as manchas de há três dias, de há vinte e cinco anos de casamento. Agora, simplesmente parados.

Cansado. Para.

— Que horas são?

os enterros têm hora marcada.

Ao terceiro dia começa a cheirar.

Não a quero lá. Não a quero debaixo da terra. Prefiro-a ao meu lado, ainda que pútrida, ainda que fétida, a sumir-se num esqueleto comido por baratas, a sumirmo-nos de mãos dadas, mais frias é certo, todavia a brincarmos como namorados (de mãos dadas), beijinhos na neve

por isso, labirintos.

Como hei de dizer ao meu filho o que fiz

— O que fui eu fazer?

que as voltas terminam na maçaneta da porta da nossa casa que se atalha pela rua de trás

o enterro às cinco da tarde por causa do calor, por causa da marcha dos garotos que vão a embarcar na catrineta, tudo florido e tudo balões, tudo aperaltado que até desviaram o trânsito lá por cima, e o miúdo cheio de vergonha porque vomitou os pés do comandante duma embarcação de recreio que dá voltas, mas ao mundo não à cidade, também tonto, também idiota, a servir bebidas coloridas a turistas que dão gorjetas de cinco e quinhentos, como dizer que o miúdo infelizmente é um imbecil que nem as voltas certas sabe dar nem bater na porta dum posto da guarda, passar por um buraco na parede, entrar e chamar alguém para limpar tudo isto porque já a mãe morta, comida pelas baratas, e eu, manco e a tropeçar, agarrado às paredes deste labirinto que nem tenho onde limpar as minhas necessidades, é uma pena o nosso filho meio homem meio criança completo idiota, um chorão, a encher-se de lágrimas, um infeliz, um perdido, às voltas na cidade sem saber onde bater e por onde entrar, e eu, pai, velho, meio corpo, a mãe, morta, corpo inteiro, já não sei, a cortarmos o total silêncio apenas pela grafite do lápis que já desenhou mais um labirinto mais uma cambalhota nos ponteiros estáticos dum relógio refletido no espelho manchado que caído no chão deixa cacos de vidro onde corto os dedos dos pés e para trás deixo uma linha do sangue que me vai escorrendo, uma pista e dois cães sarnentos, mastins que farejam

se nos sabem cá, se nos levam para o posto da guarda

só mais um corpo e meio corpo numa sala e num quarto duma casa num prédio na cidade

chega-se lá às voltas. Há embrolhos piores.

Podia chamá-lo cá de cima, gritar-lhe que subisse, metê-lo num cantinho a cuidar da mãe enquanto me ausentava para um café e voltava num instante, e a casa arrumada, mais limpa, os móveis arredados, mais espaço para circularem os ponteiros do tempo, os cacos novamente postos um por um no espelho cuidado e sem manchas, um vestido de noiva branco e imaculado num dia na nossa aldeia, a atirarem-nos foguetes e bolo de casamento, uma farra das antigas, uma dor de barriga porque comi demais e os camarões com maionese ao sol, a nossa casa um brinquinho, a fazer eco ainda sem o dinheiro dos sofás, ainda o banco sem autorizar que levantássemos o cheque, e dormimos o primeiro mês contra as ripas de madeira e quisemos logo ter um filho, oxalá que venha com saudinha da boa e o miúdo um perfeito idiota às voltas nesta cidade, sem saber da casa dos pais, e quero gritar-lhe para que suba, para que venha tomar conta da mãe, são apenas cinco minutos e no caminho do café compro remédio para as baratas, acabo com este vírus patogênico que está a chegar-lhe às entranhas e por isso o cheiro e por isso as gardênias, só não sei se lhe conte o que fiz, só não sei isso, mas o miúdo às voltas, a escolher quantos molhos de chaves, quantas portas por abrir, confuso entre o segundo e o quarto andares, preso algures no terceiro frente, e por um buraco na parede chega ao segundo esquerdo que corre por uma escada de tardoz onde um coronel patético a encolher numa poltrona na sala de estar, a empunhar uma pistola e mais dois tiros no ar, a acariciar-se, a ver nos miúdos carinhos e eu a ver o nosso filho também um carinho, a fugir escada acima escada abaixo, e fica só lá o miúdo com os olhos esbugalhados a olhar, enxergando de que tamanho as carícias, quanto asco, e o miúdo que só quer um cigarrito para fazer uma pausa porque cansado, mais carícias

— Onde estão os teus pais?

e o miúdo chora de novo, quantas vezes o ouvi chorar, quantas vezes o desejei na padiola na menina Irene, a escorrer pelo ralo por causa duma curva na estrada, e o miúdo que é meio homem meio criança não se faz a um velho coronel, sargento borra-botas, que nesta terra manda a tropa e mandam os ministros, todos cobertos por um plástico numa banca de jornais como a pestilência coberta por uma banquinha de flores

— Não temos remédio para baratas

e o rapaz engalfinhado com o Monteiro não sabe dos pais, não sabe de nós. Foi achado debaixo dum banco de jardim que o iluminaram uns faróis dum carro. Eram quatro da manhã e o ponteiro dos relógios sem rodar.

A grafite do lápis a partir na folha de papel porque os labirintos sem saída

se um balão, agarro e voo.

12

Por vezes, nas bordas das costuras, desenvolve-se um bacilo que infeta. Começa um pequeno incômodo, um simples ardor, uma comichão

a coçar a coçar

um bocadinho de pus, um bocadinho de sangue, tecidos em decomposição, matéria pútrida que começa a doer

(ais)

Vômitos, náuseas, diarreia. Um balde sujo onde se mistura a carne e a bílis esverdeada. Tosse, e os bordos da costura um líquido espesso microbial que alastra

(ais)

— Mãezinha, está a infetar

— Está calada que o teu pai

— Mãezinha, tenho dores

— O disparate que foste arranjar, rapariga

e a panela no fogo, o cheiro das tisanas e das mezinhas para acalmar a costura infetada, a barriga vazia, o ventre amarrotado, ferido e pisado, enquanto sentada no chão frio da casa de banho aqui também losangos

uma toalha fria e molhada vai dominando a febre, e os rótulos da água-de-colônia recordam

— Faz pouco barulho que o teu pai

à espera de que a soltura saia toda e que o ventre um buraco de vento por completo

— Se não sair tudo a mãezinha que ajude a massajar ao deitar

— Ai, mãezinha

— Ai, desgraçada, tu e essas saias

o abdômen contorcido, a febre, uma linha de costura a cheirar, o resto a soltar-se, toda a noite a mudarem-se as toalhas, mal cabem as duas na casa de banho que já a menina contou os losangos, a água-de-colônia do pai

— Que tem a miúda?

— Foi uma porcaria que lhe fez mal, dorme

— Ai, mãezinha

— O teu pai quer dormir.

Um sulco no nervo e as carnes podres fora para um balde. Um corpo de animal jugulado pelo ventre a espreitar com dois olhos infetos, carcomidos, debruçados sobre um balde. Um balde cheio. A cortar carnes no açougue, a desbravar o tecido muscular, guinchos estridentes, um balde

— Desmancha-me isso

um rapaz que é um graçolas conta que fez isto e fez aquilo, que sabe como agradar, que fica muito grande, que é muito grande, e lhes espreita os buraquinhos entre as pernas, e agora embarcou numa catrineta pegou numa espingarda disparou uma bola de canhão e veio de lá com uma medalha, e medalhas muitas numa feira de velharias que são boas para sargentos mancos e visgarolhos, um rapaz que chegou de catrineta e aplausos, que deu um sim sério no altar do senhor padre

cada um com a sua ara

teve dois filhos, horas extra nos vincos da carne para os sustentar e os beija ao deitar, não passa dum graçolas a espreitar buraquinhos entre as pernas, que fica muito grande, que é muito grande, e tem agora a doença da impotência e deixou uma menina deitada no chão frio duma casa de banho a contar losangos e rótulos de água-de-colônia, a repetir ais

— Estou de barriga

— Não fui eu, vadia, desmancha-me isso

— Vens comigo?

— Fora daqui que amanhã embarco, já tenho noiva, não quero madrinha

um graçolas, um rapaz muito grande e muito forte tem agora dois meninos, que lindo casalzinho tem o soldadinho da catrineta, é muito sério é muito casado, e uma menina muito pequena muito fraca podia ser uma mulher muito séria e muito casada com dois filhos, que lindo casalzinho tem a mulher do soldadinho, porém choram-lhe o epitáfio, mudam-lhe as flores na campa, as carpideiras

— Uma desenvergonhada

— Ainda há dias a vi na paragem do sessenta e quatro, na véspera de ramos

— Valha-nos Cristo

um balde cheio de lágrimas, que se deu mal com tisanas porque tinha uma barriga grande, mal escondida, ai mãezinha, e a mãe que se matou na linha do comboio para a praia

— Mataste-a

e a palavra tão forte a repicar na cabeça, os losangos do chão frio da casa de banho tão cheios de pus, as toalhas que secaram, a água-de-colônia já sem rótulo, tendões, nervos, gorduras e ossos para um balde (o sal das lágrimas a misturar)

— Mataste-a

e a palavra tão forte quanto uma sova de cinto, a água da tisana a borbulhar, a verter da chaleira ao lume, a barriga estragada, os olhos de lágrimas, a cama feita na manhã seguinte e a menina estendida com uma costura mal cosida, tem ainda um restinho que ficou e escorre pelas pernas abaixo que a limpa o cangalheiro que a limpa o repicador dos sinos que a limpa o coveiro que a limpa a parteira que passou mais um por um buraco numa parede dum terceiro andar.

A agulha estreita e oxidada que não sabe bordar, que não sabe que um bacilo começa com um pequeno incômodo até se tornar uma dor que enche um balde com água para deitar

cheira mal a carcaça do animal.

13

O SINAL NO CANTO DA BOCA A FAZER FERIDA, em crosta, uma marca distinguível, está lá todos os dias. Uma mulher que passa à beira do parque, a saia subida, o decote volumoso, a cara pintalgada, um palhaço triste, limpa com um guardanapo de papel uma meia de leite e um pãozinho com uma fatia de fiambre antes de as horas voltarem a bater, antes de as horas voltarem a ser, antes de o corpo voltar a consumir-se, dos ponteiros que rodam em torno do estômago que barulhos, as sirenes barulhos, os macaquinhos nas árvores barulhos, e também os olhos a contarem losangos barulhos, também mais esta desgraçada a contar medos que não passam de barulhos, a encavalitar uma porção de gente, a servir outros medos a fazer outros barulhos enquanto baixa e puxa a cueca e cinco e quinhentos, tira e volta a vestir, gestos mecânicos e cinco e quinhentos, a pôr de lado na pilha um conjunto de ossos, chupados e magros, e limpa amiúde o sinal no canto da boca que magoa porque a meia de leite quente e o pãozinho com fiambre de ontem está seco, um bocadinho de bolor no canto, baixa a cueca, puxa a cueca, ossos e uma pilha grande, mais quentes, mais juntos, mais gente, mais que são mais, a subirem em altura, muitos braços e muitas pernas, a encaixarem-se num jogo de crianças, mais apertados, mais, mais a subirem na altura, mais a alargarem-se no tamanho, somam-se, erguem-se

— Anda tudo ao mesmo

cabeças tantas, e apenas um sinalzinho no canto da boca a fazer ferida, em crosta, uma marca distinguível, conhecida, tem a cara tem a coroa duma nota de cinco e quinhentos, a embrulhar toda a montanha, grande e volumosa, gorda, mais corpos, mais cabeças, mais pernas e mais braços, mais ossos

(mais)

a subir mais a grande montanha, em crescendo, um amontoado de esterco que é esta gente

— Anda tudo ao mesmo

a entupir o ralo dum bidé, e eis que a base da montanha se solta, e a montanha parte, e a montanha navega, nos arrulhos dos pombos, nos cestos das cegonhas, caganitas nas cuecas, a bicarem o miolo do pão seco, a fatia de fiambre, uma meia de leite arrefecida que todos os dias e de noite frio na montanha que já forma quatro andares, a envergadura dum prédio de quatro andares encaixotado nesta cidade, muito enorme, muito gigante, muito do tamanho enorme do tamanho gigante, muito o tamanho próprio

(muito)

a descascar-se, a perder a tinta como uma casa embargada, à mostra, desprotegida, a percorrer as ruas da cidade, a alameda do parque, os corredores da casa que alargam, alargam, encaixam mais gente, mais cabeças, mais pernas e mais braços

repetem as horas de vinte e quatro em vinte e quatro

e também os buracos nas paredes preenchidos por um pouco mais de gente, um pouco mais da massa humana, a formarem uma pasta de argamassa que dá trabalho aos passadores, todos com o rabo ao léu a fugirem pelos buracos, gente de todos os dias que aparece na repetição, gente nova que aparece na repetição, gente que anda tudo ao mesmo, e a montanha quase já a ter as dimensões e as formas dum prédio de quatro andares nesta cidade, a deflagrar-se, incendiada, consumida como um corpo duma mulher à beira do parque que são as horas que novamente batem cadentes, as horas que vão dando enquanto baixa e puxa a cueca, enquanto no canto da boca o sinal que todos distinguem, o sinal que todos os que andam ao mesmo a mancharem de baba, a infectá-lo, as pinturas na cara, o palhaço a chorar, a expressão horrorizada de pernas e braços e cabeças e barulhos são a montanha bêbada, afundada nos seus alicerces, piso por piso, descascada, a pôr-se a nu, as roupas fora do corpo e uma meia de leite arrefecida em cima do balcão faz frio à noite, e os cães que farejam com o nariz molhado a pingar, que farejam e nada, destapada, as fachadas iluminadas pelos candeeiros noturnos, outra montanha, e mais cuecas baixas, já sem elas, que puxa para cima e puxa para baixo, puxam-lhe, uma canseira, o resfolgar enfastiado e reiterado um incômodo, desnuda, como todas as montanhas desprendidas na sua base, como todas as montanhas navegantes, como todas as montanhas e prédios de quatro andares, e no entanto as cavernas, os buraquinhos pequenos e escondidos do sopé ao cume, porém à mostra a entrada, o acesso, e as vísceras ninguém as conhece e tudo ao mesmo, é o tamanho que mede uma árvore e pumba mais um macaquinho no chão, quanto é do sopé ao cume, é a dimensão do quarto andar que espreita por uma janela, uma ventosa periclitante, a partir-se, aberta, que vê a cidade, onde não farejam os cães, onde assenta uma poltrona num só pé, sem pernas braços cabeças, que balança para tombar, que pode ser um rasto caído para os cães farejarem, que é um corpo a cair demoradamente do quarto andar até ao chão, iminente, a repetição de sempre, os corpos que ocupam o seu lugar de sempre, todavia finitos por isso alternam entre as gentes de todos os dias e as gentes novas que depois de todos os dias, beijinhos, pernas, cabeças, braços, buraquinhos, e todos os dias.

A montanha agita-se, desprendida, despedaçada, sem o corpo que lhe dá sustento porque as barras de ferro podres e oxidadas, e os animais fogem das cavernas, dos buraquinhos que dão acesso, que as gentes de todos os dias e as gentes novas, que alternam, não sabem nada, fogem, são corpos amontoados que se empurram para passar nos buracos estreitos duma cabana onde uma mulher no parque, dos corredores tão largos e agora vazios, a montanha a ter um tamanho pequenino, tão pequenino, tão do tamanho pequeno que é advérbio repetido de mansinho porque ninguém sabe porque ninguém pode saber

— Puta

tão repetido, tão mais e tão muito. Demasiado. O palhaço limpa a cara, acabou o espetáculo.

E a mulher que tem um sinal, em crosta, em ferida, marca distinguível ao canto da boca, que todos sabem

— Anda tudo ao mesmo

acumula num prato pernas braços cabeças, puxa a cueca para cima, cobre-se com as suas roupas, já velhas, descosida na bordinha da costura a saia, enquanto a casa pequena, enquanto os corredores da casa mais estreitos, enquanto ainda não caiu duma poltrona do quarto andar até ao chão para os cães não farejarem, para os cães não saberem, tranca a porta da cabana, e um macaquinho que caiu duma árvore

— Olá

— Olá

— Como te chamas?

— Não tenho nome, chamam-me montanha

— Por quê?

— Por que o quê?

— Por que é que te chamam montanha?

— Às vezes chamam-me outras coisas mais feias, e tu, como te chamas?

— Não tenho nome, chamam-me macaquinho

— Por quê?

— Por que o quê? Estás a deitar sangue

— Onde?

— Aí, no canto da boca, nesse sinal

— Já sei

— Vens da cabana?

— Sim

— Está bem, cuidado com os cães, morderam um amigo meu

— Foi?

— Sim, e o ministro matou-se

— Por quê?

— Por que o quê?

— O ministro

— Gostava de macaquinhos

— Tu és um macaquinho

— Sim, e tu és uma montanha

— Gostas de viver no parque?

— Se conheceres algum buraco

— Se conhecer, passamos para lá

— Levas-me contigo?

— Juro que levo
— Combinado
— Até amanhã.
Um guardanapo de papel limpa o sinal, em crosta, em ferida.

14

São sete horas da manhã. Os miúdos que vão na catrineta de hoje já batem com os cascos no passadiço de embarque desconhecendo a dor que lateja a minha cabeça e que sou intolerante ao som, a qualquer som

barulhos

— Parem

e que num esforço conto as rachas na parede porque já não consigo voltar a adormecer, que estou em esforço, e eles, mal mandados, a seguirem o tilintar das insígnias e veneras dum comandante, caminham como espetros dançantes debaixo das nuvens altas que trovejam

barulhos

batem batem com as botas no passadiço, todos muito alegres, todos muito homens, de barba feita que esconde a que não têm. Não sabem que não tenho sono mas que cada bota no passadiço é uma dor por conta dos meus movimentos dolorosos, da cefaleia empedernida que me magoa, crua e vil que pulsa pulsa pulsa sobre as minhas frontes inquietas e agitadas que são quase horas da ginástica matinal da minha mulher, e eles todos acrobatas e equilibristas sobre o pontão, exércitos que batem batem com as botas, artistas de circo, volatins, malabaristas e trapezistas

barulhos

prontinhos para adormecerem numa pedra, numa runa com o seu nome próprio, apelido, data de nascimento e data da colocação da pedra, desenhos que lavram o seu nome, e lá se vai o circo, então todos palhaços tristes (também eles)

— Deixai-os descansar

a terem a sua merecida glória, que não sabem que os pombos esvoaçam alto, mais alto que as nuvens negras, mais alto que o topo dos prédios de quatro andares onde nidificam e arrulham para minha aflição, e que lá do alto também podiam adormecer, também podiam cair, também podiam fazer de palhaços tristes, porque do alto tudo caga, e os pombos e uma cagadela e um todo fardadinho, a mãe a dizer-lhe adeus com o lencinho choroso, o pai num abraço, uma namorada num poema barato, com uma cagadela

— Isso sai com água

— O comandante que não te veja assim

e a mãe zangada, a mãe triste

fanicos

desde madrugada cedo, muito antes das sete horas da manhã, antes de as horas rodarem, a engomar o uniforme militar, e o fardadinho a moer o poema barato, o pai enervado

— Ora veste lá a camisa

— A que horas manda a Marinha?

são sete horas da manhã e a garotada no pontão que não me deixa dormir.

Urino para um pote de cerâmica que nesta casa é tudo quanto resta que não esteja partido, coço-me, viro-me para o lado, caio da cama, a caminho que é mais um dia.

A cagadela que sai mas deixa mancha, a mãe aflita, o pai enervado, o beijo da menina, se noiva, se madrinha

— Gostaste do poema?

— Escreve

— Assim que chegar

guinchos inarticulados, abafados pelo apito do comandante e manda a Marinha, manda a catrineta, manda a terra, manda a pátria, toda a gente manda

— Tenha calma, minha mãe

— Vai lá, rapaz

e se eu mandasse, mandava que parassem com este badanal que não aguento, e náuseas e vômitos que me dão também para um pote de cerâmica, porra para a janela empenada que não fecha e o barulho das mães a chorarem, das namoradas aflitas, até dos pais enervados, onde é que já se viu um homem a chorar, tudo vem pela fresta da janela que não fecha, porra para esta casa e porra para esta janela, para uma xícara que não encontro, eu que tenho de começar a ginástica da minha mulher e é melhor agora que há menos botas no passadiço e há menos berraria, e a catrineta cheia, e a catrineta afundada, mais uma que se encheu e se afundou, parece uma repetição absoluta e exímia de Deus a jogar aos dados e a ganhar sempre, aposta mais uma que ganha outra vez

lança o crupiê, recolhe o crupiê

no entanto agora eu mais leve, mais em silêncio, mais disposto para me levantar, para chegar até à sala onde fica a minha Silvina, lá, a achar que o tropel de guinchos e mãezinhas a chorarem parava e agora que os garotos todos no fundo do mar todavia a mulher sempre a chorar e ainda grita mais a florista que vende e que vende sem mãos a medir para as coroas e um dinheirinho extra com velas e cartões que dizem todos o mesmo, pêsames, oblações, contrições, que me entra com veemência pelas narinas entupidas o cheiro das flores do cemitério, que fungo e assoo sangue, o pote de cerâmica cheio

há tantos baldes nesta história e nenhum que me sirva

os nervos dos pais são tiros no andar de baixo, rapazinhos nas escadas a tocarem à campainha, deve ser canalhada na brincadeira que não sabe que me dói a cabeça, medalhas que tilintam, e trovões e arrulhos, sirenes, cães que ladram, valha-me Nossa Senhora que vomito de novo, a cabeça baixa dentro dum pote de cerâmica para esfriar, atrasado para a ginástica da minha mulher, as namoradas a tocarem para a menina Irene que os malandros, graçolas quase todos no fundo do mar, passadores nos buracos da parede que uns a salto e outras vadias, passam meretrizes e passam covardes traidores da pátria, porém, pior, tocam à porta

barulho

tocam à porta. Para, para com isso já

tocam à porta e barulho.

Agora, silêncio. (O que eu fui fazer?) E reparo apenas na minha mulher, a minha Silvina, com os olhos muito arregalados, aqueles globos vazios e inquietantes, aquele corpo que sem pele e sem carne, um corpo apenas, estreito, infesto e sorumbático que me espera para a ginástica da manhã, para que rode um pouco mais a cadeira, na direção do sol, na direção das neves que já derretem por esta altura na nossa aldeia, tenho a água ao lume para a lavar, escovar-lhe a ossada defunta, e ela tão feliz, sem os dentes que riem como palhaços tristes no fundo do mar, apenas crânio, apenas esqueleto, apenas um esquecimento vertebrado decomposto que transmite odores insuportáveis todavia misturados no cheiro das flores e nos balões que sobem até à janela da nossa sala, porém barulhos na campainha da nossa porta e eu, que não os esperava, tão cedo que não esperava que esta náusea se prolongasse quando estava quase a cair, quase a debruçar-me sobre a janela, estou afinal tão vivo, tão pronto para ser levado e inquirido, os narizes dos cães nas minhas pernas, a morderem-me as mandíbulas dos senhores agentes, manhosos os mastins, os dentes que se enterram, e quem vai cuidar da minha mulher?, nem sabem onde guardo a mantinha que lhe ponho nas pernas, o pequeno aquecedor, como balança a cadeira, como fazer rodar o ponteiro das horas para que não caia, não me levem, Deus me guarde e a guarda não me leve.

Silêncio, ficamos em silêncio

um bilhete por debaixo da porta para que nos apresentemos em tal sítio a tal hora para falar com tal sujeito, e a minha Silvina sem poder caminhar, não mexe nada, e então ficamos aqui, os cães que venham, os cães que ladrem, que rasguem o pouco de mim que a minha mulher não mexe nada, não pode caminhar, e enquanto ela aqui, eu aqui.

— É da guarda

mais um toque na campainha, a zunir. Os cães que farejam, raspam contra a porta sem conseguirem rodar na maçaneta, fazem ão ão e tocam trim trim, e a minha cabeça a querer mascarar as conturbações cada vez maiores, a cobrir com um grande manto de silêncio tudo isto, e ao menos que tudo isto coberto de flores, várias e coloridas, sobretudo aromáticas para que não lhes chegue a suspeita da putrefação, e eu suspeito em tal sítio a tal hora para falar com tal sujeito. Agitam-se os pulguentos, que faço?, mais alto ão ão mais ensurdecedor trim trim, as lascas de madeira a soltarem-se do verniz da porta, inquietos, e ninguém responde, eu não respondo, transpiro, medo, começo a correr, desorientado, em volta da minha mulher, como um ponteiro avariado e desgovernado que bate as horas sem saber, corro nas pontas dos pés, empoleirado sobre o corpo doente, para trás, para a frente, chego quase até à porta, e medo, a porta sacudida pelo ímpeto dos cães, vão acordar o prédio todo com ão e trim que ainda apenas sete horas da manhã, torpor e medo, mas não me interessam as horas, tento seguir como veludo, mais perto, mais longe, afasto-me, e medo e torpor, tenho medo que me descubram, xô xô penso, parem penso, tão perigosos, tão desconfiados, e abro a janela, caio que caio, vou cair penso, mas a minha Silvina aqui, sem poder cair, sem poder também querer cair duma janela aberta dum quarto andar que dá para a avenida e se cair caída, espreito, caio não caio, vejo o nosso filho lá em baixo, o idiota, às voltas com os números da avenida sem saber que dum lado pares e do outro lado ímpares, a insistir que vivemos no número zero que nem par nem ímpar, não me vê

— Não, menino, nesta avenida não há número zero

e eu também já não vejo, com a vista enevoada, bichinhos nos olhos, em pontas de veludo, para trás e para a frente, caio que caio, atiro-me penso, a minha mulher penso, e fico, quase fatigado, tombo pelo chão da sala, não caí lá em baixo no chão da avenida dum quarto andar, e desmaio com ão e trim, e vão os cães

— Quem mora aqui?

— Quem quer saber?

— A guarda

— Bom dia

— Bom dia

— Gente boa e séria

— Quem mora aqui?

— Não os tenho visto, o filho está fora
— Ninguém atende
— Devem estar de temporada na aldeia
— Quem?
— Quem mora aí?
— Vamos indo que já deixamos recado
— Então?
— Em tal sítio a tal hora com tal sujeito
— São da guarda?
— Sim
— Pois bem
— Cheira mal
— É do ralo entupido
— O quê?
— São mesmo da guarda
— Ão ão
— A campainha deve estar estragada

e um bilhete debaixo da porta. Já lá vão. Fecho a janela, minha querida, meu amor, voltemos à ginástica, à tua mantinha nas pernas, ao teu balanço, à tua prostração que Deus deu como definitiva

porém eu ainda desmaiado no chão da sala.

15

Na catrineta da Marinha cabem uns quantos lugares sentados, mais uns quantos de pé, não muitos, são os que são, porque nem tudo é espaço para a carne uma vez que ainda faltam as bolas do canhão. Apertam-se os rapazes para não engelharem o uniforme militar que antes das sete horas da manhã já a mãe a borrifar de lágrimas e goma a jaqueta camuflada para que não façam mira e disparem a acertar, e à chamada do comandante

— Vieram todos?

— Viemos, sim

o comandante conta

— Um dois três

a conta não bate certa

— Viemos todos

é comandante e não é contador

— Um dois três

— Viemos, sim

de novo porque não bate certo

— Um dois três

toca para o esquerdo e toca para o direito

na brincadeira das crianças encolhe a barriga e estica o peito

— Um dois três

toca repetidamente para o esquerdo e para o direito à espera de quem vem abrir

— É da Marinha

— Quem é?

— É a tropa, outra vez à pergunta.

À porta da casa da menina Irene, nem esquerdo nem direito

(terceiro frente)

a máquina das senhas avariada que tem saído muito o número zero, o passador a dar uma mãozinha com a chamada enquanto na caixa conta as notas de cinco e quinhentos

— Uma duas três

um passador e uma parteira contam melhor do que um comandante

— Vai abrir e diz que não está cá ninguém, e esconde as miúdas

— Não cabem todas no buraco da parede

— Olha, que se apertem.

Uma duas três, cada uma na sua vez a passar pelo buraco da parede, todas muito apertadinhas, todas muito rapazes de uniforme na catrineta, todavia não falta nenhuma, são as que são, e o número bate certo.

— Já vai, já vai

— É da Marinha

— Já vai, já vai, bom dia

— Bom dia, quem mora aqui?

— Não mora cá ninguém

— E o cheiro

— É do ralo entupido

— Não mandam arranjar isso?
— Já vem desde o quarto andar
— Falta um rapaz na catrineta
— Já contou bem?
— Sim, um dois três
— Ora conte novamente
A contar notas de cinco e quinhentos
— Um dois três, está tudo certo, afinal deve ter sido engano
— Não volte cá sem contar
a Marinha
— Um dois três, tudo certo, levanta a âncora

a menina Irene, com o rabo gordo a empurrar as miúdas pelo buraco da parede

— Já foram?
— Já

e as miúdas, cada uma na sua vez, a saírem pelo buraco da parede como se todas apertadas num funil que acabou de rebentar

— Quantos passaste ontem à noite?
— Ontem à noite foram três
— A mula aguentou?
— Aguentou
— Agora sai-me da frente que tenho costuras à espera
— Um dois três esquerdo direito encolhe a barriga e estica o peito
— Deixa-te de brincadeiras e ajuda-me a contar as miúdas no buraco
— Quem tem o zero, tira de novo
a agulha a coser
— Tenho um rapaz que vai na catrineta
— Ó menina, esse era um dos três de ontem à noite

a agulha a coser

— Agora vai doer?

— Não, ele vai na catrineta

— Saímos daqui com o luar, na carroça puxada por uma mula manca, e atravessamos o rio e contamos cinco e quinhentos à entrada do buraco, disse que do outro lado se arranja como serralheiro ou carpinteiro, que enjoa na catrineta

— O covarde, ai, mãezinha, que morro

— Parece que o estou a ouvir, ai, mãezinha, que morro

— Eu disse que ia doer

a agulha a coser

e a rapaziada na catrineta, menos apertada que falta um lugar que já não são um dois três, são apenas um dois três mal contados e o bolso cheio do comandante e um dois três o bolso cheio do passador.

Iça a vela e pumba mais uma catrineta no fundo do mar.

A mula manca, ao luar, muito silenciosa, a cortar a erva alta e espigosa, chegada junto do rio, quando o estouro duma arma ecoou

— Quem vem lá?

outro

— Quem vem lá?

e a mula manca a tentar erguer-se nas patas de trás, a fazer como cavalo assustado, aos pinotes, todavia manca, a cair por um atoleiro e três rapazes que saltaram da carroça agora carreta dum deles com a cabeça aberta e mergulhado numa poça de sangue, enquanto os outros dois a correrem no baixio do rio e mais um estampido duma arma nas costas de outro

pumba caiu ao rio

— Quem vai lá?

e o condutor para o único dos três ainda vivo

— É a guarda

e enquanto a mula num orneio sofrido e doloroso, o rapaz a debater-se na corrente do rio, procura nadar, a encolher a barriga e a esticar o peito, desviando-se das balas do guarda da fronteira que se fizesse mira e acertasse então a catrineta não no fundo do mar. Chegado à margem do lado de lá, diz para o guarda que já sem balas

— Vou ser serralheiro ou carpinteiro do lado de cá

— São cinco e quinhentos.

Do lado de lá, o rapaz trabalha numa oficina que faz grades para pontões de embarque e nunca viu o mar.

À porta do prédio está estacionada uma mula, agora manca de duas patas, que puxa carretas para o cemitério. Uma mula manca de duas patas mal consegue trotar, todavia não fazem enterros de rapazes no fundo do mar e de covardes que não chegam ao lado de lá.

— Quanto custa a mula?

— O que queres, rapaz?

— Quanto custa a mula?

— Agora anda tudo de automóvel, para que queres uma mula manca de duas patas?

— Tenho de contar os prédios todos da avenida para encontrar a casa dos meus pais

— Leva a mula, rapaz

— Obrigado, sabe quem mora aqui?

— Não mora cá ninguém, põe-te a andar e conta lá do fundo para trás

— Obrigado

De mula, manca de duas patas, a contar quantas casas na avenida e não sai do número zero, o raça do empecilho que não descobre o que se foi fazer no quarto andar daquele prédio.

16

Em tal sítio, a tal hora, para falar com tal sujeito.

Não posso.

Nesta casa cacos, vidros, excrementos, frestas, buracos, dédalos, a minha mulher.

O nosso filho a desenhar o número zero, a fazê-lo redondo, o quantificador original que é uma forma de nada, curvo, pintado na ombreira da entrada de quantos prédios desta cidade, e nova porta novo zero, e bate, ninguém abre.

Não posso.

Se à nossa porta o número zero

(moramos no número quarenta e sete)

não posso senão também ser ninguém que abre, não posso senão expelir mais do que silêncios, senão mais do que os amarrotar numa folha lisa de papel, e todavia o gesto já por si demasiado ruidoso. Já me permiti a todos os barulhos com estes cacos, vidros, excrementos, frestas, buracos, dédalos, a minha mulher. Não.

Pego na folha de papel enrugada, uma bola amarfanhada, a forma defeituosa do cardinal neutro, e empoleirado sobre a janela, se passar atiro-a lá para baixo, acerto-lhe em cheio na cabeça que levanta e olha, e, no entanto, não.

Sinto-me zonzo, e nos meus gestos enfastiados, aborrecidos, deixo para lá a folha de papel que deixou para cá a guarda, aquela folha de papel que para ali está com as suas três premissas que para mim não são mais do que não posso, e resguardo-me, quieto e silencioso, junto da mesa da sala de jantar que agora tem apenas três das quatro pernas e, bamba, parece tombar

tonto com as campainhas, os cães a ladrarem

tomba, já tombou.

Não posso. Estou só, cansado, a respirar aos achaques. Desmaio muitas vezes, levanto-me muitas menos, aturdido

(onde estás?)

por vezes acordado pela campainha para chamar-me a atenção, pelos latidos

ouço os cães sarnentos, os meus vizinhos, os ônibus, a florista a apregoar, ouço-os a todos que se juntam num grande nariz que alcovita à minha porta, que todos juntos numa grande mão que toca à porta, punho cerrado

— Está alguém?

querem a minha atenção

e um alguém se não está, não responde. Onde um corpo e um meio corpo metade de alguém e igualmente não respondo, um zero sobre um zero, nem um avo de qualquer coisa

(a minha mulher, um corpo, eu, um falso doente).

Procuram-nos. Não posso.

Fui buscar um jogo de dominó (dédalos às pintinhas). Não sei as regras, conto as peças dispostas sobre a mesa, anoto a pontuação arredo para o lado um prato de sopa arrefecido e azedo que escorrega pela mesa bamba que tem três das quatro pernas e já tombou

e jogo contra a minha mulher, jogo na minha vez e jogo na vez dela. Agora tu, António, depois tu, Silvina. Saltam as pintinhas pretas nas peças de osso branco. Tenho a cara suja de pintinhas pretas e peças da forma de losangos

tenho a impressão de que os jogos de dominó são feitos de peças retangulares, e todavia os prédios, todos os prédios da cidade, marcados com o número zero

é apenas uma brincadeira em que me perco porque já não sei contar, nem sei se o número de peças é o correto, apenas que a cara pintalgada de pintinhas que saltam das peças do dominó, pelo que dada a facilidade em fazer este jogo, e jogo por mim e jogo pela minha mulher, não fazemos nada, ficamos só ali, ficamos só numa espécie de recuo contínuo do tempo a ignorarmos os momentos que acontecem lá fora e que há uma folha amarrotada para a pontuação

— Está alguém?

e enquanto o prato de sopa escorrega pelo lado mais bambo da mesa. Ganho eu e ganha ela comigo na sua vez

(num caderno de quadrículas, dum lado escrevo António, do outro, Silvina, conto a pontuação).

Quando a Terra se move a certa hora do dia, não sei qual, por um breve instante, pelo canto cantinho do caixilho partido da janela, observo os velhos a jogarem numa mesa de pedra do jardim

nesse lapso de tempo não é possível observar primatas na copa das árvores

com vinte e oito peças, sete para cada quadra de velhos, que fazem duplo-seis e duplo-nove, contam pontos numa folha de papel (cadernos de quadrículas), ganha um de cada vez, ganham aos pares, fazem contas, e vão dois, cento e tal pontos, ganha a vez de outro que não joga na vez de ninguém. E observo-os, a atearem-se uns com os outros por causa da batota, ali ninguém joga na vez de ninguém, cada um com sete peças, e levam tudo muito a sério, e refilam de verão e de inverno, horas ao frio e ao calor, nada deste aborrecimento que só eu a jogar contra a minha mulher e jogo na vez dela, sem saber quantas peças e quanto já anotei numa folha lisa de papel onde, em arco, começo por esboçar o número zero, e se perder perco eu na minha vez ou na vez da minha mulher, é como se perdesse sempre e nem sempre perdesse, os velhos não iam gostar deste jogo, mas lá estão à mesa de pedra no jardim que não bamba não tomba.

Quando finda aquele instante de translação, já não há velhos nem mesas de pedra, ficamos apenas os dois, eu e a minha Silvina, a contar as pintinhas pretas

— Vou aquecer-te a sopa

e ainda mais confuso, ziguezagueio contra as paredes, e caio no chão sobre a louça quebrada, sem olhos, até ficar cego os olhos carregados de bichinhos e pintinhas pretas de peças de dominó

e cego, arrasto-me, volto para a cama, onde duas aleluias damascenas inundam estes bichinhos em volta dos meus globos oculares com uma luz sórdida e infecciosa, onde fico estirado à espera de comer um prato de sopa, à espera que o meu filho regresse e pare de desenhar o número zero que está gasto, que é apenas a figura duma barriga contorcida que não carrega nada, uma figura cansada, um número básico que não se conta nem da esquerda para a direita nem da direita para a esquerda não posso, nem em tal sítio a tal hora para falar com tal sujeito.

— Está alguém?

repetidamente este sibilo desfeito e quase impreciso que percorre o corredor da casa na corrente de ar de campainhas e latidos, no frenesim elétrico que se apodera do meio corpo que carrego, eu, um peso denso e difícil espraiado sobre a colcha onde me deito, um está alguém que não cessa, está alguém está alguém está alguém. Parem com esse sibilo poderoso que calcina freneticamente, enquanto a sopa por aquecer, enquanto a minha mulher por alimentar, enquanto ela corpo moroso e adiado que balança numa cadeira, tão-balalão, à espera que a deite ao meu lado, que toquemos as nossas mãos frias, no flato envergonhado debaixo dos lençóis de flanela que trouxemos do enxoval que ficou todo na aldeia porque já não se usava, a apalparmo-nos por debaixo do pijama, ao hálito da manhã, a vermos quem vai primeiro para a banheira, que um prato de sopa que são horas de ir trabalhar, que passamos a beber café e a comer torradas de manhã que era assim que se fazia na cidade, onde as casas têm todas um número par ou um número ímpar sem a forma de zero, e o carteiro a tocar para a nossa porta, claro que está alguém, escreve a tua mãe e escreve-nos o menino que está agora num arquipélago de cocos a mudar amostras de sabonete e xampu aos turistas torrados ao sol, que não sabendo o que pôr usava a gravata que era segurança no pronto-a-vestir, um beijo na boca, meu amor, até logo, trago ramos que amanhã é domingo e se calhar ficamos mais um pouco na nossa cama e tiramos o pijama, a telenovela está a ficar interessante, dizem que vão ganhar no concurso, e passeamos de carro até à praia, comemos fora e mando vir o vinho da casa e pedes uma bola de gelado, bom dia ao carteiro e bom dia aos vizinhos, uma festa num cãozinho que não mastins, e de caminho achei graça a um dominó feito de osso branco que tinha vinte e oito peças empilhadas numa caixa de madeira que encontrei numa feira de velharias que vendia muitas outras coisas, onde numa banca se vendia tudo menos medalhas porque não eram para vender, e jogamos todas as noites durante uma semana ao dominó, às vezes ganhei eu, outras a minha mulher, e quando já cheios de pintinhas na cara, passamo-nos por água e sabão, os pés no bidé, o copo de água na mesinha de cabeceira, deitamo-nos, de mãos dadas, sonolentos mas felizes, a fecharmos os olhos e a pensar que voltaríamos para Magos, venderíamos esta casa, e num bocado de terra largávamos a cidade, o café e as torradas, a gravata, o pronto-a-vestir, os passeios de domingo à tarde, e um caldo ao lume nas manhãs mais demoradas, onde é sempre domingo, numa mesa de quatro pernas boas e arranjadas, numa janela térrea que dá para a serra, que já nevosa nos fazia então sorrir nos nossos sonhos, como te amo, minha mulher, também a ti, meu marido, cada um na sua vez sem jogarmos na vez de ninguém.

Depois de arrumar as peças do dominó

a nossa casa sempre tão arrumadinha a cheirar aos raminhos

a ir para me deitar, a minha mulher com o pijama às pintinhas vermelhas, a cuspir um esputo rubro numa tosse engalfinhada, que lhe medi a febre, lhe massageei o peito, uma aspirina, e a deixei ficar, à espera da manhã, à espera de Magos, à espera que a Terra rodasse e não fosse nada, à espera, sem saber o que fazer, e me deixei ficar à espera da manhã

— Como te sentes hoje?

— Sonhei que já nevava

ela a cuspir.

A Terra, então, moveu-se num instante que não sei a que horas foi.

Não estava ninguém.

17

Agora andam à procura das medalhas. Estavam numa banca duma feira de velharias por vender

não eram para vender

e não deram por conta delas, roubadas, postas numa casquinha de prata numa vitrine da casa dum sargento, a fazerem um figuraço

que foi lá e que fez

— Já não se fazem homens assim.

Podiam ser um saco de ossos que um cão mastiga e ladra porque as medalhas duras, porque não gosta delas, a cuspi-las, a pô-las de lado, roubadas. Todavia, somadas e pesadas as medalhas fazem a conta certa e a balança inclina-se para o lado mais preciso, a renderem a quantia certa, e o coronel, brigadeiro, soldado lá o que é, o verdadeiro, a bradar que roubado roubado, e lá se foi a maquia

estava certa.

Foi lá e roubou-o outro soldado, o que diz que foi lá e que fez

— Bom dia, senhor coronel

— Bom dia, minhas senhoras

— Este sô Monteiro um cavalheiro.

Passam as gentes na feira, o soldado lá o que é, que vende jogos de dominó e baralhos de cartas antigos

porém não vende medalhas

tira a camisa, põe-na a secar ao quente vento, murcha e fica seca, as nódoas molhadas de sangue, teve também a sua catrineta como os meninos desta pátria mais tarde homens deste país, a sua pensão porque o bicho contagioso no mato porque um tiro na perna porque simplesmente embarcado no pontão, e manco e vesgo

todos os soldados nesta estória mancos e vesgos, umas mulas a puxarem carroças

a pegar às sete da manhã e pela hora de almoço já para fechar a banca e deu com as medalhas roubadas, chamou-se mais gente, um aglomerado de curiosos, foi um marçano a correr, e a guarda a fazer uma linha de tempo, uma investigação completa e competente, caso sério de polícia

— Boa tarde, senhor procurador

que vem nos jornais que palpitam que desta vez não contado que um caso dum conjunto de medalhas roubadas numa feira de velharias a um herói da pátria é quase simbólico, uma alegoria de livros infantis aos quadradinhos que o senhor inspetor investiga, e a guarda a bater para a porta dum quarto andar, a bater à porta de todos os homens que brincam ao dominó e têm uma caixa de madeira de vinte e oito peças de osso branco compradas naquele dia a um vendedor que não tinha as medalhas para vender

testemunhas, suspeitos, notificações e bilhetes debaixo da porta que assim manda o senhor procurador que é notícia de crime do pior que há. Estão os homens ofendidos, a guarda a cheirar, meio confusa meio embriagada, até puseram nisto o ministro a acompanhar o senhor procurador, também ele a fazer perguntas às gentes no parque, os macaquinhos de elucubrações que foi este e foi aquele que foi aquele que foi lá e que fez, que entre faróis e escadas de tardoz conhecem muita gente, e a feira uma grande tenda armada, gritam daqui e gritam dali, não há país que valha se as medalhas não achadas que dão para o Estado despesa que chegue, não meras contas numa casquinha de prata a oxidarem, que bem que ficam numa vitrine a condizerem com uma cena de caça.

Agitam-se igualmente as meninas que os passadores estão entre os suspeitos principais, e sai então muito número zero, e o passador do terceiro frente atrasado para fazer a chamada e para fazer o buraco à dimensão certa, livrou-se duma carroça puxada por uma mula manca, o ônibus não passa, tem o farol esquerdo avariado e bateu numa árvore e caiu um macaco, estatelado no chão, o reboque num semáforo que não arranca, hoje não passa mais nada que cortaram tudo por causa da procissão, num alvoroço lá para as bandas do pontão, o passador atrasado, o passador fugido, e as meninas aflitas, as semanas maiores, uma hora curtinha aí a chegar, as barrigas mais gordas, um atraso muito atrasado, se o teu pai sabe e medicamentos na farmácia, o que é que o rapaz diz e o rapaz no pontão a aprumar a farda e a engraxar a ponta da bota, para aquele lado só passam soldados dos verdadeiros, as meninas a quererem subir às árvores, os macaquinhos que não há espaço, as selhas partidas e os macaquinhos que não há espaço, as meninas na cabana do parque e os macaquinhos que não há espaço, as meninas já a medirem o tamanho da cova para a barriga redonda e é só fazer mais um altinho que ainda assim me chora a mãezinha, a fivela do cinto afiada, não te avisamos, rapariga, ora para o relógio ora para a janela ora para um losango, são quatro da tarde e não passou do número zero e às seis horas tenho de estar em casa, se as acham ali se a dona parteira a fazer remendos de cinco e quinhentos na marquise dum apartamento duvidoso, se o bidê atafulhado, se a sala de espera, apanham-nos aqui e vai tudo dentro, e então a fivela do cinto, então o pai, então a vergonha, então todas umas desenvergonhadas, bom dia, senhor coronel, senhor sargento, medalhas de brigadeiro, e não passa o sessenta e quatro, e passa a procissão, então uma vergonha, então o teu pai que te mata, então todas fora daqui, que Deus não quer isto, que a gente tem muita fé e Deus não quer nada disto, ai não quer, não, então uma desgraça, então os cães a morderem, então mais perguntas, então que são horas e não há novidades do passador.

Mas, afinal, a guarda apenas à cata dumas medalhas roubadas (alívio).

O nosso sargento, aborrecido, a ver passar as crianças no parque que já conhece a palma e quantas nela cabem, à volta com os botões, sentado no sofá de napa, o rabinho ao léu encostado à almofada dura, e o tempo a passar levemente, conta buraquinhos de pistola na parede à roda duma cena de caça, conta buracos da camisa onde cabem botões, alterna entre um entretém e outro que ambos são distrações válidas, valem o que valem, são apenas coisas desnecessárias, mais peso no pêndulo do relógio que não há maneira de acelerar, passa o dia nisto, crianças no parque, buracos na parede, depois no café, todo bons dias e boas tardes, todos como vai, senhor coronel, todo uma elegância todo um notável todo muito pátria que já viu e correu mundo que não lhe atrapalha a perna manca, carrega as medalhas

— Veja lá que roubaram umas iguais a essas a um camarada seu

— Isto é o fim do mundo

e passeia-se, pousa-as no balcão, que sai para já, senhor coronel, não quer sentar-se, senhor coronel, já lá levo a biquita, senhor coronel, é por conta da casa, senhor coronel, e esta miudagem nova é toda uma cambada de maricas e neste bairro só putas e paneleiros miúdos que fumam aos onze e camisas no estendal a enxaguarem que muito molhadas do sangue que as mãezinhas a engomarem que uma lavanderia nova que abriu umas Máquinas e lava cada um a sua roupa é só pôr a moedinha que a Marinha atrapalhada com tanta farpela para engomar

— Quem mora aqui?

— Fora, maricas

— É o tonto do quarto andar

— Que é feito?

— Nunca mais os vi

— O café?

— É por conta da casa, e cuidado, senhor coronel, que andam aí às medalhas

— Bom dia, minhas senhoras, cavalheiros

e bamboleia-se novamente até casa, novamente o rabo ao léu no sofá de napa, suspira e esconde as medalhas, suspira que lhe querem levar as medalhas

— As minhas medalhas?

alguém grita.

— Quem mora aqui?

— Anda cá, menino, senta-se ao pé de mim

e mais um miúdo pendurado numa escada de tardoz, na copa duma árvore, ouriços no chão e picam as mãos.

A cidade grande, a cidade a alargar-se, os andaimes e as obras, poeira e tapumes, lonas de plástico e engarrafamentos, tudo em função do pontão, cada vez maior cada vez mais tamanho, cada vez mais rapazinhos e botas engraxadas, vai tudo até lá, escorre tudo para lá como um grande cano que recolhe os dejetos e os cospe junto ao mar, e cheira mal também na catrineta que à beirinha do mar, e o pontão largueirão, a caberem mais, mais largo, mais medidas anunciadas pelo ministro, diz na assembleia e constrói, faz obra, conhece um serralheiro do outro lado da fronteira, meninos que fumam aos onze e aos dezesseis heróis da pátria, a caberem mais, mais fitas e mais tesouras, outra catrineta, mais rapazes se idade para fumarem também idade para o fundo do mar, e a obra espanta, a obra grande, a obra alarga, mais espaço, mais cabimento, mais passagem, mais e mais e o tamanho duma bainha que cose à linha uma parteira na marquise dum apartamento duvidoso que toca o passador para o terceiro frente que anda aí a guarda, isto é obra feita, corta fitas, cose a bainha, procissão e tambores, uma placa de metal com um nome dum valente que, em tronco nu, numa feira de velharias complementa a pensão com a venda de jogos de dominó e lhe vão roubar as medalhas e não lhe chega a pensão e tem ainda assim uma placa a dourar o nome a um pontão porque nunca conheceu um passador para ser serralheiro do outro lado da fronteira, mas mandou o senhor ministro que é assim que se ganha uma guerra, tragam mais medalhas, mais placas e pontões, mais meninos, mais soldados desconhecidos, mais lavanderias, mais estendais a secarem, e o pontão enche-se de gente, só passam soldados verdadeiros e gente da família, se de chumbo também passam, a fazerem fila para embarcarem, a chegarem-se para chorarem, a chegarem-se tanto, tanta gente e tanta fila, as ripas a cederem, como pesam as bolas de canhão, o discurso da obra feita, este empório, uma chuva que cai, uma mesa de vinho e rissoles, as ripas, um serralheiro por um buraco na fronteira, comam e bebam que há papas e bolos há vinho e rissoles, os meninos já voltam, os meninos não voltam, o governo só manda fazer medalhas e construir obra, o progresso, as lavanderias e as molas no estendal, as ripas a quebrarem, o pontão no fundo do mar, mais uma catrineta, mais uns meninos, comam e bebam há vinho e rissoles, está prometido que para salvar a honra destes nossos rapazes perecidos e tombados se manda construir um novo pontão e a achar as medalhas que são um hino ao soldado roubado.

Às seis da tarde apareceu o passador e foi a tempo de se fazer uma bainha.

Então, a guarda morde e mastiga, toca para todos os andares de todos os prédios de todas as cidades pois o crime é lesa pátria, correm as fronteiras de fio a pavio, debaixo dos sofás, debaixo dos tapetes, na louça suja do jantar, nos armários e nos louceiros, desfazem as camas, revolvem as gavetas das escrivaninhas, as prateleiras dos frigoríficos e as caixas de plástico, papelada indistinta, quadros e cofres, perguntam muito mas onde raio, perguntam, e fazem muitas perguntas, os cães a morderem para ver quais as efígies verdadeiras e as de brincar, as roubadas e as falsificadas, metem muita gente dentro, meninos escondidos em caves, atrás de reposteiros, em alçapões e deformações na parede que não são mais do que buracos, deixa para lá a copa das árvores, as clínicas do terceiro andar, os cheiros dos sumidouros porque interessam meninos que fogem à catrineta e pagam a passadores, que se enche outra para o fundo do mar, e a mãe com as mãos em ferida de agarrar no ferro de engomar, o negócio da lavanderia é um investimento, a pasta do senhor ministro que foi secretário e subiu a ministro por ocasião dum outro pendurado no mecanismo elétrico dum portão, o país de sobressalto, não se consegue comprar um jornal, um folhetim, mais um copo de três, a guarda bamba, os cães doidos, mastins a ladrarem, carroças atoladas, as campainhas tocam, bilhetes e notificações que se acumulam debaixo da porta, há falta de estendais, há falta de serralheiros, há falta de meninos e nunca se venderam tantos cigarros, o pessoal da Câmara a cortar galhos, tipuanas, freixos, acácias, a mexerem nas campas, o cemitério sulcado para ver quem anda de pé, onde se vendem medalhas em segunda mão, andamos à procura dumas iguais a essas que roubaram a um camarada seu, que é o fim do mundo, que ajudo no que puder, estas são minhas, que roubadas roubadas, isso é culpa dos passadores que nos levam os meninos e nós com falta de serralheiros e soldados, as flores outro negócio, e o cheiro das flores são uma náusea que percorre as cidades, o quarto andar, ninguém quer saber de flores e balões, cheiros estranhos e bidês entupidos, meninos no parque e marquises duvidosas, apenas de catrinetas no fundo do mar, de medalhas roubadas, todavia neste lufa-lufa que é resultado de quem lesou a pátria descobre-se muita coisa e se nos acham cá um cão a morder-me a perna, a minha mulher triste e sozinha que não lhe posso cuidar, e o país a arder, há revoltas de nome estranho sem placas douradas, contratam mais gente para trabalhar na guarda, o governo constrói canis como sinal de obra feita, encomendaram ao estrangeiro outra nau, repete-se o nome catrineta, e já apanharam mais outro passador, uma mão-cheia de rapazes, a ver se é desta que o pontão aguenta que foi mandado fazer de novo, e de medalhas ninguém percebe nada porque nunca uma catrineta passou para o lado da barra que todas no fundo do mar

deixamo-nos ficar no meio das vagas.

18

Agora os espaços pequenos, quase exíguos, mais estreitos, a ponta dum alfinete, a cabeça duma agulha, e esta casa não a mesma

(nunca deveria ter sido)

de tão pequenos que me encolho para me deixar passar, a ser pequenino, a deformar a corcunda, o nariz nas tábuas soltas do soalho, uma formiguinha, uma linha rígida e fina pela ponta dum alfinete a entrar na cabeça duma agulha, as paredes do corredor, não sei se passo no carreirinho, um espaço sonolento que ainda não consegui dormir, onde os retratos pousam amarelecidos porque o tempo lá atrás, porque já eu sem disposição para dar corda aos ponteiros do relógio, puxá-los para trás, e todavia seguem, seguiram até aqui, a rodarem, há vinte e cinco anos, no mostrador as rodas de vinte e cinco anos, a darem um nó, atados, engalfinhados, cegos, um maior outro mais pequeno, perfazem juntos vinte e cinco anos de casados.

Agarro-me no vento fresco que sopra do vale para a montanha, no rio e no cachão, nas neves da nossa aldeia, estou lá, apenas numa forma nervosa de mim que fez agora vinte e cinco anos e se aperta mais apertadinha, agora estreita, mais, cada vez mais, picada por um ouriço dum castanheiro, por uma linha de agulha, pelas pontas dos ossos que são canivetes ao acordar e ao deitar, já também o meu corpo magoado, o espaço cada vez mais estreito

(o pontão mais largo)

a minha mulher mais corpo, e o relógio a percorrer à roda com duas hastes afiadas que são duas partes duma mesma história, uma mais pequena outra maior

uma conta as horas e a outra conta os minutos

e não obstante as neves, Magos, o jardim aparado, as cameleiras lustrosas, a cigarra tímida, eu pois então nervoso nessa forma de mim de há vinte e cinco anos, nas mãos suadas, o fato desgrenhado, a cebola do meu pai, os sapatos que os pedi de empréstimo ao meu tio, a voz rouca que agarrei de manhã porque uma forma de mim, uma forma assustada, a ficar cá fora, estou ali, não sei se entre, a limpar as mãos às calças do fato, não sei do lenço

(vais bordar um com as tuas iniciais um dia mais tarde, Silvina, meu amor)

à espera que neve e, no entanto, o jardim aparado, as camélias a olharem para mim, ninguém diz que entre, a capoeira agitada, a tua mãe, os teus tios, os teus irmãos (naquela altura não havia pontões), o teu avô, ai o teu pai, a capoeira, galos e galinhas, o cão pela trela ainda bem

(parece uma cantiga de ciganos)

eu a pegar fogo, a ser uma forma de emulação, uma papa de água nas costas da casaca do fato, e as camélias a sorrirem-me jocosas, nem um farrapo de neve que tudo na montanha e nós no vale onde passa a brisa tudo frestas, janelas escancaradas

os arados no campo, o ludro à espera, vai lá rapaz, afina-me essa voz, o meu tio que lhe não estrague os sapatos, o meu pai já doente meio doentito disse-me que o relógio já ficava por conta da herança

estimado, cadente, exato

eu um pito a transpirar

a entrar na capoeira

a derreter as neves na montanha, a camélia

— Então, rapaz?

a minha mão molhada, o teu pai

— Então, rapaz, que não falas

a voz num sumiço, a tua mão

agora gelada que não a tens, desprendida, caída do corpo, algures no amontoado de lixo que nesta casa estreita, apertada a tua mão

— A mão da minha mais nova

— A mão da Silvina (sem dizer nada)

a tua mão, e a tua mãe a pensar no banquete, que não calhava em altura mas vendiam-se uns bezerros e um pinhal, e serviram porco quando havia bezerros, e o pinhal agora um centro de eventos, podíamos estar ricos se uma placa da imobiliária, se não tivéssemos casado, se o fogo lá por cima, se a tua mão, podíamos

tenho saudades, meu amor, a revolver os papéis onde diz que foi há vinte e cinco anos, a cópia que ficou para nós, onde eu e tu, o nosso nome completo, a comunhão dos bens, as letras de imprensa do cartório, a tinta do carimbo e eu sem poder comprar uma lata de tinta, cal destas paredes, as rachas, pontinhas de umidade a dançarem no teto, o símbolo do país a nada a obstar, tenho saudades, meu amor, já não vejo e percorro os papéis com a pontinha dos dedos como apalpo a escrita adaptada, porém não acho a tua mão

o teu irmão grosso, dá cá um bacalhau, a tua irmã uma galdéria que grávida do filho daquele tratante, uma outra história em que o teu pai a crescer com aqueles olhos gordos que o desgraçado do rapaz se pusesse fino e ele finíssimo que acabou por passar pelo buraco da agulha da tua irmã e uma barriga que se arredondou que nem tisanas nem mezinhas nem bezerros nem pinhais, mas tu não, tu uma menina séria, eu suado mas esforçado, mas sério, que até me gozaram as camélias, que te levava para a cidade onde viemos viver e onde compramos esta casa que ainda hoje não deveríamos, uma hipoteca também no meio dos papéis, também a nossa letra, os nossos nomes completos, o símbolo do banco a dizer que nada a obstar desde que

(desde que)

mas nunca falhamos uma prestação, e fiz-me empregado nos serviços, passei a usar um fato todos os dias, menos desgrenhado, menos suado, menos camélias

— Claro que sim, rapaz, trata-a bem

uns cálices, a tua mãe, a garrafa, o teu pai, o galinheiro, não sei se ainda hoje haverá camélias que já não há arados no campo e eu que nunca devolvi os sapatos ao meu tio que nos deu por ocasião da festa

a tua mão suada no dia da festa, meu amor, a sermos um pedaço inteiro, porém agora apenas um monte de papéis revolvidos, amarelecidos como da cor das fotografias, um pagode o teu irmão e o teu tio na festa, o miúdo e aquele triciclo, quando fomos até quase ao estrangeiro, quando estivemos quase para nos zangar uma única vez que me esqueci da farinha e amanhã vêm cá os teus pais e quero fazer um bolo e eles que nunca vieram que o meu velho sempre já meio adoentado e a minha mãe sem poder subir para a camioneta da carreira, mortos antes da festa, eu órfão, um bebê a chorar já com idade para casar, e casei, órfão, mas casei, uma casa e uma prestação que nunca ninguém cá esteve, apenas o nosso filho que também acabou por ir e não nos sabe aqui, e enquanto isso o tempo definha, a casa mingua, faço-me do tamanho mais pequeno, do tamanho menor, apenas a casa do tamanho da tua mão, pousada sobre a minha, à mesa, os cálices e a garrafa, uma festa, o teu pai claro que sim, a tua mãe porque não era altura mas claro que sim, o teu irmão dois cálices, o galinheiro quente, mataram um frango, ainda tenho o sabor do sangue na panela, ainda sei que as camélias, onde pus os papéis, que nesse dia nem farrapos de neve, o jardim aparado, os tamanhos grandes, eu nos sapatos do meu tio, já sem a mão suada porque deixava de ser uma forma nervosa de mim para então uma forma de mim porque, então, a tua e a minha mão

e, então, sempre, o sol

que, agora, nesse corpo, esmaeceu.

Não sei onde guardaste os carrinhos de linhas, as agulhas, as coisas da costura às quais não sei o nome, que te tinha cosido a mão, talvez vá lá abaixo ao terceiro andar que fazem muito desses afazeres, cosem barrigas e bordam almas perdidas, porventura também sabem dar um ponto na tua mão

desprendida, caída, decepada

e, depois, recordo que nós aqui, em silêncio, que os cães farejam, aqui não têm trela, aqui não um claro sim, rapaz, mas só queria a tua mão, e, depois, também, não sei dela, não sei onde nos papéis, onde neste monte de lixo, onde nesta casa onde já não caibo, onde não posso caber, onde no tempo que teima até aqui, e, prostrado, deixo-me ficar no chão, onde

são muitas as vezes que já nem me levanto

como se estivesse à sombra dos castanheiros, a olhar o machado, o que faço com ele, onde ponho o cepo, ato uma corda, penduro um garrote, em volta do tronco, coberto do tule, dos lenhos e dos ouriços, o ludro, as camélias, as cigarras, o galo, a carabina no cimo do armário à espera que acabe o defeso, a subir a uma janela que são quatro andares de queda, e do chão não me levanto, caído, caído fico, com os papéis numa grande queimada, os castanheiros quentes, o sangue na panela, a garrafa toda no cálice, a cameleira mirrada, e eu também um frouxo, murcho, que não me levanto, nem para pegar num machado, atar uma corda, pendurar um garrote, a tirar os lenhos que se me enfiaram nos dedos como um menino pequenino trêmulo e assustado, à espera da mamã e que pela mão

não a tua mão, o calor é diferente, não melhor, diferente (não me leves a mal)

me levem para casa, um pouco de água oxigenada, um penso, o lenho fora, um rebuçado, mas agora aqui sem quem me levantar senão eu próprio senão aquela que é a minha força que é ser eu senão a forma que agora sou de mim, porém como se na casa bafienta dos teus pais, fechada, que ninguém lá vai, o teu irmão as garrafas todas, nós aqui enclausurados enquanto as chamas deflagram, se tivéssemos um pinhal, enquanto o pontão atulhado, os ônibus, o caminhão do lixo, as perguntas estúpidas do nosso filho, o latir incessante que já não posso, imagino que o fim do defeso há muito e para lá a carabina

e, debaixo dos castanheiros, enquanto as neves, as nossas alianças, douradas, uma maior outra mais pequena, dois ponteiros de relógio a rodarem

estimados, cadentes, exatos

já passaram horas e eu no chão, minutos e eu no chão

as alianças, uma no meu dedo, outra no dedo da tua mão, que não a acho, Deus meu que não pode ser, o que fui eu fazer?, e agora também não sei da aliança que no dedo da tua mão, a tua mão que não é mais senão outra que pousada na minha, isto na casa dos teus pais, na nossa aldeia, num dia que não farrapos de neves e cameleiras lustrosas e cigarras tímidas, isto enquanto o sangue na panela e os cálices e a garrafa e a festa e eu menos suado e mais feliz e tu séria e mais feliz, e o teu pai e a tua mãe e a festa e o dia até aqui onde as alianças e o relógio com a pilha fraca

porque, afinal, são vinte e cinco anos
e um corpo.
A agulha enfiada na linha a unir dois pontos
de aliança.

19

A MENINA ATRAVESSA O PARQUE

passou um rapaz a puxar uma mula que puxa uma carroça

a paisagem nua que os castanheiros longe, a saia recortada, as moscas a fazerem de cegonhas, as cegonhas a fazerem que não se importam, a menina trôpega, encavalitada nas botas de cano alto até ao joelho, a meia opaca, malhas, tilintar de selhas partidas, a porta duma cabana bate que bate, os meninos dizem que tem bicheza, já lá vêm os rodados da carriola, a mula manca, a menina manca

— Moras aqui?

— Olá

— Perguntei-te se moravas aqui

— Olá

— Olá, moras aqui?

— Não, e tu, és novo aqui?

— Talvez, se não moras aqui como sabes que sou novo aqui?

— Para que queres a mula?

— Para puxar esta carroça

—

— Vou levar os meus pais de volta à aldeia onde nasceram

— Onde estão os teus pais?

— Tens a certeza de que não moras aqui?

— Vou para casa

—

e a menina segue

ao passo lento duma mula que puxa que uma carroça, que um rapaz

— Espera, onde vais?

— Vou para casa

— Pareces-me magoada, podia levar-te

— Obrigada

— Podia

— Eu sei, obrigada

— Sabes quem mora naquelas casas?

— Não são casas, são prédios

— Ora essa, todos os prédios são casas

— Se tu o dizes

— Quem mora ali?

— Sei lá

— Estás triste?

— Estou cansada

— Senta-te aqui neste banco

—

— Quando encontrar os meus pais venho buscar-te

— Onde moram os teus pais?

— Na cidade

— Isto é a cidade

— Não me recordo do número, já volto

um rapaz montado numa mula a puxar uma carroça, enquanto uma menina à beira do parque

a menina está sentada num banco de jardim, à espera de quem passa

a barriga magoada

num saco um punhado de lâminas de barbear, cortam, aguçadas, à procura dum buraquinho, desce as cuecas, as meias, malhas

a barriga

presas numa linha das botas de cano alto, desce até aos pés, uma brisa suave pela saia, é um frio, a gelar, à pergunta dos lábios, o saco é uma mistura de lâminas e areia seguidas dum composto de mezinhas e uma semana de descanso vai ter dores vai dar febre vai suar vai ter de ser por este preço é o que lhe posso arranjar, e a menina, incógnita, clandestina, olha para um saco que é um punhado de lâminas e areias, uma misturada em volta dos lábios, adentro do corpo

o corpo duma mulher, dócil, delicado

fica magoado, ais que se ouvem, ais que se repetem, ais que os macaquinhos nas árvores sobressaltados, os galhos a partirem-se, fogem os cães, fogem os faróis dos carros, o ministro há muito que fugiu, e a menina naquele tratamento, naquele desmancho macabro e sanguinário que não passam mais carroças e carriolas, vai passar a carreta, não há mulas que cheguem, todas ocupadas no pontão que pumba mais uma catrineta, o molhe atulhado, o molhe corpos, outro aqui, uma barriga amaldiçoada, pelo preço que é não se arranja outra coisa, e as cegonhas a contorcerem-se, indispostas, a levantarem para outras paragens, os ninhos derrubados, desfeitos no chão, as crias mortas, outros voos, outras paragens, ficam os pombos, ficam os arrulhos, e os pombos sujam tudo, um esterco, fica um corpo, reprimido, na sua súplica, no ai Deus me leve, no ai que não tenho mais dinheiro, no ai que Deus me ajude, e Deus a jogar aos dados, na palrice com o crupiê, a sair novamente o número zero, dados viciados para as meninas no parque, dados viciados para os meninos no parque, joga com dois dados, no conjunto só sai o zero, Deus e o crupiê, é fartar vilanagem, senhores, e não se ouve latir, não se ouve nada, apenas uma menina à beira do parque, a cruzar as mãos no ventre, a persignar-se, e os dados zero

—

uma menina tem a barriga magoada, o dorso estendido, maculado, em ferida, a esvair-se, cheira mal, a dizer ai, as cuecas caídas, as meias malhas, as botas manchadas, minha mãe, nas varandas que dão para o parque portadas fechadas a abrirem devagarinho, também o som módico dum estore que ligeiramente sobe, dois olhinhos, uma janela só uma nesgazinha, também um olhinho, uma espreitadela que não é nada conosco, a ficar, vários olhinhos a ficarem, não abras mais, um cigarro aceso para assistir de camarote, traz-me uma cerveja, devíamos mudar de casa, há tês maiores na alta da cidade, só vadiagem que para aqui anda, isto de dia é sossegado, à noite a canalhada, a pintarem as paredes, quanto é o beijinho, já viste o que fizeram aos bancos do jardim, o que é, não abras que está frio, já viste isto, não mandes bitucas lá para baixo, puxa mais o estore, abre a portada, escancara a janela, as varandas largas, uma mesinha e duas cadeiras de verão, à noite esta vadiagem, e a puta que não se cala, vai lá para dentro menino, quero dormir, vou só acabar a cerveja, chama a guarda estás a beber a esta hora tens o carro na garagem, uma folha de jornal e um lava-tudo nos vidros, não saem as caganitas dos pássaros, levei o cão à rua e um miúdo a pedir-me cigarros um miúdo da idade do nosso imagina, amanhã entro mais cedo, apaga o cigarro a empregada amanhã limpa isso vem deitar-te, fechaste a porta dá duas voltas e mete no trinco, deixa lá isso, no sábado devíamos ir à predial, e o jogo, corre a persiana até baixo, é putaria que para aqui anda, não deixes o carro lá fora, não gosto que fales assim para quê os palavrões, o cinzeiro no lava-louças, cheira mal, é lá de fora, corre o trinco já sei, cheiras a tabaco, bem fez a tua cunhada que se mudou para a alta da cidade, já se calou, os olhinhos para dentro, no travesseiro, os lençóis macios, o edredão da loja nova, o autoclismo a encher, um creme para as gelhas, estou a ficar velha ainda vais ler, achas que faça a barba, o menino teve negativa a matemática, e só me dizes agora os meus chinelos, estão para lavar, o tapete encarquilhado, lá para maio tem de se dar um jeito no teto do outro quarto, deita-te, até amanhã, estou aqui a pensar, o que foi agora, até amanhã, amo-te, amo-te, vira-te para lá que tenho calor, a menina estendida, amanhã já levam o corpo, não é nada conosco, gosto de ficar na cama a ouvir o caminhão do lixo a passar, e adormeço, de volta do corpo as moscas, as bitucas dos cigarros, o frio que passa, os losangos em forma de outra coisa, o pessoal da Câmara atrasado, os galhos caídos

um menino tem uma mula que puxa uma carreta, a mula velha, a mula manca

— Já volto

—

felizmente que não é nada conosco, senhores.

20

Encostado ao parapeito da janela, a barriga abunda, pançuda, posto numa perna velha

mula

manca, mais um pouco e debruça sobre o macadame comprido da avenida, deita os olhos suicidas na altura dum prédio, se a barriga abana se a perna solta se os olhos trocam e tomba no macadame, tomba nas botas que passam, no alcatrão a tremer, nas faixas enfeites enfeitadas que ditam boa ventura fortuna vitória glória, os soldadinhos de chumbo, na festa armada, na marcha embriagada, a zoada do todos à catrineta, o júbilo do lá vai mais uma nau catrineta, pode cair, e, pesaroso, os olhos, a ver passar, acompanha a banda, trauteia a cantiga elogiosa da pátria, a fanfarra laudatória dos tambores e das cornetas, agora não pode cair, não pode tombar, firme na barriga firme na perna firme nos olhos, seguro, um dois três, mais força no parapeito, ora chega-te para trás, dá a tontura, dá a vertigem, dá a tontura e lá se põe a cair, são dois andares de queda, e se o veem e o apanham lá em baixo vão dizer que se matou, neste prédio tudo suicidas, que covarde, desleal, e, por isso, seguro, ora para trás, não pode ser, arreda-se do parapeito, encolhe a barriga e estica o peito, e a marcha continua, a avenida segue, o seu quarto é um espacinho resguardado que fica no segundo esquerdo que não é mais do que uma cena de caça, é onde está quieto, parado, onde as vitrines abanam ao passar da marcha lenta, certa, dos nossos soldados

e fica

(as medalhas)

quer dançar

— Anda cá, menino

e dança

— Que te safo da catrineta

e a catrineta bamba, outra dança

— Anda cá, menino

a arrastar a perna de pau, o chão riscado, já sem verniz, o olho tapado, visgarolho, a desviar-se para o menino, e o menino a saltar pelo parapeito, a saltar para as ramagens das árvores mais altas do longo da avenida, tipuanas freixos e acácias no parque, a escapulir-se, de ramo em ramo, a fugir, a brincar às escondidas, salta do parapeito, opa, e o pançudo arreda, não gosta desta dança

— Anda cá, menino

enquanto o cigarro, enquanto o copo de brande, o cinzeiro de cristal, o sexo destapado, descosido, a fazer tão-balalão para o menino, e o menino vacilante, aproximando-se do beiral, os pombos num rompante, a cagarem ali, a fugirem dali, e o menino mais perto

— Se te chegas mais

desconfiado, para uma filinha de amendoins do parapeito ao sofá de napa, da copa das árvores, a janela aberta, o tão-balalão

— Anda cá, menino

e olha o que eu tenho para ti, mais amendoins, uma saca pelo chão, a perna de pau, o sexo arguto a despontar para o macaquinho e o macaquinho

— Tens cigarros, velho?

— Anda cá, menino, quantos queres?

e o menino, desdobrando o quantos-queres, uma folha de papel, oito cores diferentes, o que calhou, amendoins cigarros medalhas, vai calhar o sargento, e o menino a olhar lá para baixo, a querer jogar, a querer cigarros, quantos queres, não quer também ele cair lá em baixo, que o agarram para a catrineta, não quer ventura fortuna vitória glória, quer cigarros, também dança ao som da banda que também não toca, também não bamba, e o velho sargento

— Anda cá, pirata

e o símio, a ser menino, que já lhe chamaram isso

— Seu pirata, vai deitar-te que amanhã tens escola, já lá vou dar-te um beijo

e o menino, entre o ramo e o parapeito, a apetitosa fila de amendoins, a lembrar-se do pirata, a lembrar-se da escola, a lembrar-se de que vai deitar-te já lá vou dar-te um beijo

— Anda cá, seu macaquinho

a lembrar-se

o velho, mais sisudo, menos despontado

— Anda cá, cabrão

agora é a vez do macaquinho, arreda para trás, olha lá em baixo, cai lá em baixo e não o chamam covarde, antes valente, apressa-te a vestir a farda que não tarda arranca a nau, e a saca de amendoins, quantos queres, quanto vale a saca de amendoins

— Mamãe, papai, estão aí, quem mora aqui?

— Sou eu, seu malandro

despido, a perna de pau a coçar a peúga, o copo de brande às voltas, o hino solfejado, as botas maiores, os tambores e as cornetas, o sofá de napa, as vitrines e as medalhas de brigadeiro que andam desaparecidas, falta-lhe um sargento achado a coronel, o cigarro na ponta dos dedos e tenho mais é só dizeres quantos queres

— Quem mora aqui?

cheira a água-de-colônia de velho, um cheiro qualquer parece-lhe escondido, salta um pouquinho mais para dentro, de cócoras no parapeito, as divisões iguais, a disposição outra, um sofá de napa, uma cena de caça, uma vitrine de medalhas, já aqui estive, já morei aqui, e segue pelo carreiro de amendoins, a seguir, formiguinha zonza, descasca um, descasca outro, passo a passo

— Anda, anda

o macaquinho a endireitar-se, menos corcunda, menos macaquinho, mais menino, no meio da sala, conhece a casa, conhece outra assim, conhece um tom a ecoar naquelas paredes, ou outras iguais, de seu pirata já lá vou dar-te um beijo, um cheiro que se esgueira que não é água-de-colônia de velho

— Anda, anda

o ar sisudo a cair, de novo despontado, eriçado, a acomodar-se no sofá

— Anda, que tenho cigarros, quantos queres?

a marcha intensifica-se, mais tambores e cornetas, mais a catrineta cheia, mais meninos para além-mar

— Anda, que te safo daquilo

o menino enjoado, a pensar nos pés do comandante, no convés vomitado, noutra saga, noutro tempo, já muito perto do sofá, mais zonzo, outro mais eriçado, ambos mais perto

— Já te apanhei

uma traulitada no macaco, uma patada na formiga, um beijinho, o menino

a correrem pelas escadas de tardoz

a pança satisfeita arredada do parapeito que lá em baixo não caiu ninguém

e todavia engalfinhados numa discussão, o velho esconde os cigarros, muda de mão, gira para a esquerda, gira para a direita, continua a dança, o macaquinho às voltas, a perna de pau e os riscos no chão

— Dá cá os cigarros, velho

— Primeiro terminas o servicinho

e o menino, um trago no brande, a garrafa, suspira, em posição de ataque, assente nas patas traseiras, os olhinhos mais pequeninos, já arrancou a catrineta e ele ali, agora que foi a catrineta que faz ele ali, a boca, uma espuma branca, a saliva, a raiva, as patas de trás a darem balanço para as patas da frente, uma cena de caça, que te apanho, caçador de perna de pau, caçado feito leão, a garrafa de novo, outro trago no brande

— Depois dás-me os cigarros, velho

— Anda lá

e o leão, macaquinho, pirata, menino

servicinho

enojado, enjoado, os pés do comandante, o número zero desta casa, o número quarenta e sete desta avenida, quem mora aqui, mamã, papá, lágrimas, os olhos caídos, saliva, a boca calada, a boca presa, o caçado a abocanhar, o caçador abocanhado, regalado o sargento no sofá de napa, o menino lágrimas

— Anda

e enquanto ninguém lá em baixo, os enfeites enfeitados que já os tiraram, o som das botas distante, a afastar-se, afastadíssimo, longe além-mar, o macadame agora apenas confetes serpentinas fitas de carnaval, o hino encolhido no tambor roto na corneta entupida, a boca gorda, eriçado, vigoroso, despontado

— Anda

sem responder, não cai já ninguém lá em baixo, ali o parapeito, ali as ramagens superiores das árvores, ninguém toca para o segundo esquerdo do número quarenta e sete desta avenida, a guarda e mais um copo de três, a catrineta desavinda com os meninos, as escadas de tardoz um rebuliço, o caçado devorado, comido, enquanto o estímulo, enquanto o regalo do sargento, enquanto o brande

— Olha o tabaquinho

a espuma, a saliva, o final de boca, os pés do sargento vomitados, os pés do comandante lá longe

— Bonito serviço neste tapete

a limpar conveses, a limpar carpetes, nas ondas do mar, nos arabescos do tapete, nas botas engraxadas dos soldados, nesta casa que conhece uma igual, nesta garrafa de brande, a desinfetar a boca, a limpar a espuma, a cuspir a saliva, a carpete uma papa de água, uma papa verde nos losangos desenhados, a trocar o M, a trocar o N, os cigarros, o sofá de napa, o regalo, a carpete, a pança no parapeito, o arrasto do pau no soalho, as divisões iguais, um cheiro que vem, a fumar na janela, por entre as copas das árvores, macaquinhos nas escadas, macaquinhos nas árvores, tipuanas freixos acácias, os pombos tontos, e no vento um ramo que se afasta, um ramo que se arreda, uma catrineta que parte

— Disse que te safava da catrineta

novamente leão, macaco, formiga, os amendoins pela sala, as medalhas a tinirem nas vitrines ao som dum rugir

e o cinzeiro de cristal

o menino agachado, sorrateiro, uma mesa de mármore onde pousam pechisbeques de feira é uma sebe, é um sargento vendado a aspirar o fumo do tabaco na distração duma cegonha que passou, dum ninho caído, é um lugar atormentado, é um choro de silêncio, é o nervo tocado com pinças, um acesso de cólera, movido de apetites, um prurido que magoa, o sargento sem ver o menino, às arrecuas, o cigarro caído da boca, onde estás, cabrão, as costas na parede fria, a casaca de cal, o olhar e um formigueiro frio, o sexo muito pequenino, muito encolhido, amedrontado, um maricas, para trás, mais para trás, pela parede adentro, e esta parede não buracos, o parapeito a bater na pança, as costas na parede, a casa que se estreita, outra casa que diminui, outro espaço pequeno, e na sebe nem um só movimento, nem o vento, nem os pombos, nem as cegonhas, nem mais do que uma raiva, porém calada, nem mais do que espumar-se irado, porém, do que a boca magoada, a língua pisada, o cabelo puxado, os cigarros para lá, o cinzeiro na mão, o leão escondido na sebe, o revólver numa gaveta escura da escrivaninha, a mão curta, a perna manca, o revólver encravado, o leão, não formiga, não macaco, leão

e o cinzeiro de cristal

num voo, por trás da sebe, um salto, nas asas, nos pombos, nas rolas, nas cegonhas, na boca do leão, num voo

e o cinzeiro de pedra

pedregulho de lâminas de vidro

a rasgarem a cabeça do sargento, do senhor Monteiro do segundo esquerdo do número quarenta e sete desta avenida, o ovo a partir, um estouro, o sangue a descer, outro estouro, podiam ser dois tiros, podiam ser dois cinzeiros de cristal, dois pedregulhos, a fraga imensa, e o cinzeiro cortado pela metade, o ovo aturdido, a cabeça hesitante, cacos de vidro, cacos de avalanche, bamboleia, não seguro, a perna manca

mula velha

o parapeito baixinho, a descer contra o chão como cortina, a encetar o pano, a abrir-se o circo, o palhaço tonto, o palhaço bêbado, o fundo dum copo de brande, duma boca indigesta, dum amargo, dum azedo, de mais um cuspe, de toma lá, velho, e o menino a contar as beatas, a contar os losangos, a contar os amendoins, um mão cheia na boca do velho, a boca do velho cascas, a boca do velho cinzas, a boca do velho a forma dum losango, e no parapeito, na pança, na ausência de buracos na parede, uma tontura, uma vertigem, uma vista desabrida, as árvores recolhidas, o pessoal da Câmara a aparar os galhos velhos, os macaquinhos idos, o céu despido, o ar um vazio, os prédios a abrirem espaço, a arena limpa, nem fragas, nem montanhas, nem castanheiros, nem Magos, nem o quarto andar do número quarenta e sete desta avenida onde moram os seus pais, o céu sozinho, o salto do palhaço, à borda do parapeito, periclitante, vai cair, vai cair, o chão que foge, a peúga escorregadia, o pau da perna a esfiapar, a quebrar, a mancar, e numa tábua solta do soalho prende-se e cai, um empurrão, num voo de dois andares, no espaço inteiro do mundo alargado, à espera

vai cair.

21

O TEMPO DEMORADO É O TEMPO DUMA QUEDA, é o tempo dum voo de dois andares, o quanto demora nos ponteiros a linha que faz uma reta do parapeito ao chão, o tempo que demora nesta agonia, enquanto a vida demora o tempo de dois andares que descem abruptos

um desequilíbrio, um empurrão, um cinzeiro de cristal

onde o tempo roda, onde a vida numa queda, onde um fôlego sumido a descer, a fachada dum prédio, a cidade larga, as coisas longe, a cidade larga longe, os largos aqui, as tetas duma vaca que já dão o leite num pátio velho aqui, o pai a revolver a terra aqui, a mãe a assar um cabrito aqui, o menino pendurado no berço trancado por uma ripinha solta de madeira, o irmão que chega, o irmão cinco ou seis anos, o irmão que se aproxima, que retira a ripinha de madeira, o menino no berço, o menino a inclinar-se, o menino a cair, o menino a fazer a queda de dois andares dum berço que é um parapeito, as grades a soltarem-se, e o menino por ali abaixo, cabeça no chão, um jeito numa perna, um jeito no olho, deformado, um choro, a terra é uma sementeira perdida, o cabrito queimado, uma palmada nesse rabo que já tem cinco ou seis anos não tens nada que empurrar o teu irmão que ele agora deformado, o menino choro, a desfiguração numa perna feita de pau, o médico no olho punha-lhe uma pala, o menino a crescer às turras com o médico que não quer a pala, a mancar no consultório para trás e para a frente, mais não posso fazer, os Monteiro têm um filho que é um estafermo, a chamarem o menino pirata, mas o menino fez-se sargento, o menino que te mato, irmão, outra sementeira perdida que o pai de caçadeira na mão, já não se assam cabritos, as tetas da vaca, uma vaca gorda, uma vaca velha, morta por um tiro que passou por entre as grades do berço de raspão, que te mato, meu irmão, que te pões fora daqui que não matas ninguém, seu estafermo, a mãe os meus meninos, a mãe parem, pirata, mato-te, fora daqui, o pátio velho, debaixo do corpo da vaca, então um apetite por meninos quando o serviço militar porque recordações do berço, fez-se sargento e apenas deu administrativo para cuidar da mobilização, ninguém marcha coxo, ninguém aqui pirata, então a ganhar apetites, mais saudades do berço, saudades dos meninos seguros sem caírem do berço, sempre pequeninos, sempre ainda lá, então um apetitezinho por um menino atrás duma secretária, que idade tens, já derramas, já és firme aí em baixo, na borda duma secretária num vestíbulo dum quartel velho que é uma ripa de madeira a trancar, um berço, um outro menino a romper, a despontar, tem doze ou treze aninhos, o coronel para o sargento Monteiro ponha-se à secretária vista uma farda conte meninos que a nau ainda não está cheia, e o sargento Monteiro a ciciar por detrás dos loendros do parque, chega aqui, meu menino, que te safo daquilo, os passadores andam caros, os passadores e aquilo lá na fronteira não é garantido, dois que caem ao rio, dois que passam, dois ou dois é a probabilidade, dois do lado de cá, dois do lado de lá, nem todos serralheiros, e então os meninos no parque, tipuanas freixos acácias macaquinhos nas árvores, murmúrios, que te safo da catrineta, ora escondam-se aí, a pendurarem-se nas árvores, a pendurarem-se nas escadas de tardoz, um capote e uma selha, uma cabana, uma casa junto à praia, de novo à secretária, a selecionar do berço, tu sim tu não, sem servicinho ponho-te a guarda, os mastins a abocanharem, arranja-te com os passadores, os passadores cinco e quinhentos, ou beijinho ou catrineta, a desdobrar o quantos-queres, um beijinho de macaquinho e não na nau, o coronel a apertar com o sargento então Monteiro não há meninos para embarcar, o serviço militar por cumprir, que se esconderam todos, que buracos na parede, loendros, selhas, árvores, escadas de tardoz, notas de cinco e quinhentos, apalpo-te a perna que a minha não a sinto, apalpo-te aí em baixo e o coronel não te apanha, a gostar de berços, a gostar de meninos, saudades do berço, saudades das tetas da vaca, nunca matei o meu irmão por pena mas bem que tentei, o pai que adormeceu junto à campa da mãe abraçado à caçadeira, e distraído deu um tiro no mais velho, e o irmão morto, e o sargento vingado, que ardas no inferno que nem pai nem mãe nem irmão, apenas as tetas duma vaca num pátio velho que não aqui, lá longe, aqui apenas uma queda de dois andares que um menino e um empurrão e um cinzeiro de cristal, a descer por esta fachada, pela vida que corre, pelos ponteiros que rodam, pela vida entornada, a pingar, a ver onde cabe na sombra que o candeeiro desenha lá em baixo no chão, que o chão por varrer, confetes enfeites serpentinas, nos reflexos das janelas da fachada deste prédio um espelho, se acha-se bonito se acha-se feio se acha-se a si próprio se acha-se assim mesmo se acha-se apenas a cair, o espelho seu estafermo, de novo desfigurado, de novo deformado, caído por um berço, caído por um parapeito dum segundo andar, que ordenou papéis a uma secretária de madeira, que tu sim catrineta, que tu não logo à noite no parque, enquanto uma caneta, enquanto um carimbo, veja, meu coronel, que é o que se arranja, coxo, pirata, o coronel de medalhas, que traz saco um dia, e um dia numa feira, e um dia o coxo a fugir da guarda, que não as encontram, o intercomunicador avariado, a tocar a guarda para aí, os cães de nariz molhado, cheira a flores e há balões, pela janela aberta cai de medalhas ao peito, pelos dois andares a descer, o elevador por arranjar, o tempo mais veloz, a chegar ao chão, o mostrador quebrado a dar exatamente que é esta a hora do óbito e daí se lavra o auto, fica apenas a sombra torta do candeeiro da rua, a sombra deformada, irreconhecível, onde os transeuntes que a terra lhe seja leve, e a terra levíssima, momices, língua de fora, agora não me apanhas, seu estafermo, a macacaria a guinchar, à espera que lhes contem era uma vez, e a estória que não para, outros vêm, mais fosquinhas e a terra a gozar, num deleite, a pôr os seus entalhes, os meninos felizes, os macacos histéricos, hoje não catrineta, hoje não sargento, hoje apenas um rebordo distorcido duma sombra que se desenha no chão, e os varredores a arredarem o corpo, a fossa séptica, mais um corpo, mais um cheiro, e lá de cima espreita um menino enquanto a sombra se recolhe, enquanto a manhã, enquanto as janelas um espelho partido, enquanto os cacos num amontoado, a fachada dum prédio é só mais uma ripinha de madeira que dum berço se soltou, é só mais um destrancar, é só mais um cair, à espera da carreta, à espera da mula velha a mancar, já não espera por mais nada, apenas por um resvalo no sumidouro atulhado, por cima dos desmanchos da parteira, das pernas e dos braços ainda imberbes, os cordões umbilicais inúteis, os membros estéreis, por baixo duma vaca gorda, uma vaca velha trespassada por um tiro de caçadeira, as medalhas amassadas, a tilintarem enquanto as águas do esgoto escorrem, lavam as ruas, arredam a porcaria, os enfeites, onde o deixaram, onde jaz agora o corpo dum sargento achado a coronel que roubou umas medalhas de brigadeiro numa feira de velharias, à cata das suas perversões, a largar amendoins aos macaquinhos, os seus ninfetos, nos corpos não púberes que se amontoam, cheio de prazeres, à busca dos berços, e pelas grades do sumidouro as grades dum berço, as grades duma saudade, ora vejam-no ali, a apalpar a morte rodeado dos corpos que podiam espontar, que podiam ser meninos, que podiam ser formas de apetite e se envolve numa fantasia erótica de meninos adormecidos, de meninos que fogem à catrineta, saídos por um buraco, ele ali, tão feliz, tão morto, tão caído do segundo andar esquerdo do número quarenta e sete desta avenida, que se foi achar nas tetas duma vaca que aleita toda a vida, que é apenas o tempo demorado dum último dia nas águas que escorrem sobre uma pilha de corpos deformados, sobre uma pilha desfigurada que é uma enorme perna de pau, um olho tapado, o porão duma quase catrineta, o fundo do cofre dum pirata que caído, tombado, é feliz

é só um homem caído

é só um pedaço duma matéria escura que o levou a sombra, a rebolar nas sementeiras, o sabor dum cabrito, duma brincadeira de irmãos que terminou com disparos de caçadeira, de duas pernas soltas e livres, nos olhos enxaguados e ternos que dois iguais, nas brincadeiras à roda dum pátio velho onde pula um bezerrinho, onde guardados por uma tranca de madeira que no mesmo berço, por entre as mesmas grades, adormece e se deixa ficar rodeado dos meninos que deslizam num escorrega, que voam num balanço, que desaguam numa fossa

onde aqui está Deus a dizer que é só mais um homem caído, só
mais um corpo nas voltas dos ponteiros dum relógio
    que não se demore mais o tempo
    (recolhe o crupiê, não se aceitam mais apostas).

22

(Náusea), um corpo em queda livre, os vidros baços, de espelhos quebrados, de espelhos cinzas, enquanto aperto no pulso o relógio, na dependência do meu corpo gasto, os dedinhos às apalpadelas dos furinhos, a ver como aperta, como cabe no escuro, porque a manhã alva e a manhã encoberta pelos caixotes, porque as sombras dançam, porque estamos para aqui deixados, para aqui no nosso simples nós, uma dor nova, uma dor de ouvido que estala, sucedem-se as horas sem dormir, arrancando o meu rosto, debulhando as crostas do sangue pisado, num acompanhamento desta doença da minha mulher a que chamam morte, que lhe chamarão os outros, a que lhe chamam os bulícios e os zumbidos que ecoam, o ruflo dum pombo que zarpa daqui ao pontão, do pontão aqui, e naquelas asas os dois deitados sobre o verde seco onde a minha mulher, onde despidos são sessenta e duas as estrelas, uma lua, o roçagar pela erva alta, hoje já manhã, depois talvez, que te amo, Silvina, que te amo, António, numa mão, numa forma de amparo, a chegar até às minhas costas onde seda, onde, meu querido António, onde estás,

Silvina, sem sairmos, sem despedidas, sem uma doença a que chamam morte, e que lhe chamam os outros porque eu chamo cuidar, porque eu chamo a isto cuidar, nas janelas que a tua mãe outra vez tarde, outra vez já devias estar em casa, mas eu sem lhe puxar o decote sôfrego, o vestido cioso, apenas uma mão pelas minhas costas, e mais tarde, mais tarde, sim, que ficámos

e estou

a deslizar pelo meu tronco, um tronco de pedra a tornar-se macio, lasso, cômodo, e disposto no nosso sofá de frente para a televisão, correndo os fotogramas, correndo, o menino pela sala, às cabeçadas nas paredes, a dizer-lhe que não assim, na sua deficiência, só te queria a ti, meu amor, e Deus que levasse o menino que o achava tão insuportável, tão dentro da nossa sala, do nosso quarto, do nosso serviço de jantar, dos nossos copos de cristal, do empréstimo que pedimos porque achavas que assim seria mais bonita a nossa mesa, nas flores que carregavas da praça, o menino tão dentro do teu decote, tão dentro das tuas pernas roxas, do menino que se pintava nas paredes, se pendurava nos candeeiros do teto, no interior das fronhas das nossas almofadas, a aparecer na minha gaveta das meias, nos bolsos do meu casaco, no fio do telefone em que a tua mãe, nas gotas da torneira por arranjar, até no fim do rolo do papel que descascava nas minhas necessidades, o menino em tudo, empoleirado na minha aliança, o menino até no colar que arranjei no prego e te ofereci pelos anos, um menino naquele lacinho cor-de-rosa piroso, na cor do lilás, na cor do vermelho, no fundo do meu copo onde o esquecia, na embriaguez da paciência do meu vinho, e o menino, e o menino até que me surgia nos beijos, que me surgia na ponta da tua bordadura ao final da tarde de domingo, naquelas corridas de automóveis, que deixei levar o lixo porque o queria lá, que deixei de limpar o fundo da sanita porque o queria lá, porque comprei esta casa onde uma abortadeira porque te queria lá, porque te comprei uns comprimidos na farmácia que entupiram o ralo, porque o menino depois não me quis, eu chegava mais tarde, ele deitado, tão só, tão quieto, tão estúpido a contar estrelinhas de plástico fosforescente que tive de colar na janela onde a umidade as fazia a cair, de novo a colar as estrelinhas na escuridão, faltava a lua, não queria uma lua para o quarto do menino e contei sessenta e uma as estrelinhas, que mexia aquela sopa de estrelas a saber-me ao frango da minha sogra em Magos, que odiava depois a sopa, vomitava a noite fora sem ela saber, sabia-me ao menino, sabia-me àquele idiota que na manhã seguinte na minha xícara do café, a espiar a minha lâmina de barbear, a imitar nos livros dos quadradinhos o meu jornal, o meu cigarro, o meu copo, o meu tamanho contra o corpo da minha mulher, a minha bronquite em março quando começou a fumar, a mão da minha mulher nas costas dele porque não devias fumar, meu filho, e o menino, já metido na nossa casa, a empenar a fechadura, a chave torta, papelinhos de algodão para não espreitar porque só queria o corpo da minha mulher, aquela mão onde nas pregas da mão aquela aliança fria, os meus arrepios, a estremecer, a querer o menino fora dali, e a minha mulher deixa-o lá, e eu a achá-lo um ignóbil, uma presença inoportuna quando as torradas mais frias porque, quando a minha camisa por engomar porque, quando ele porque, porque o menino, e nunca lhe bati, nunca lhe quis mal, apenas no fundo do bidê da clínica da menina Irene, que lá em baixo onde losangos, tantas mulheres, mas não a minha, Silvina, porque não falas com a menina Irene, e já a tua barriga tão grande, e já o menino numa revista de ponto-cruz, já o menino numa agulha, já o menino nuns meiotes de lã, eu sem o ordenado para limpar as fraldas, sem o ordenado para a farinha, para o leite, para uma roupa que era uma gracinha, olha este fofo azul, devias falar com a menina Irene do terceiro frente, e ele já fumar às escondidas na casa de banho, o idiota que deixava tudo de cinzas na saboneteira, na calculadora o serviço de jantar, os copos de cristal, eu e a minha mulher, até um vinho melhor, até uma carne alta, até um guardanapo cada um com as suas iniciais, e acendia os castiçais, o televisor baixinho, as estrelas sessenta e uma, a lua, o arranque do vento quente, a janela arranjada, nem frestas, nem nesgas, nem buracos, a casa pintada de fresco, o menino debaixo da mesa, o menino numa barriga que arredondava, a minha mulher deixa-o lá, a minha mulher que te amo sempre, António, que sempre torradas, estrelinhas na sopa, bordaduras ao domingo, e no entanto o choro, e no entanto os lençóis menos macios, a toalha de ontem, a carne mais magra, o amor o mesmo mas os beijos menos, e um dia uma bolinha de cotão ao entrar que ia tropeçando, uma gordurazinha numa faca na gaveta dos talheres, uma nódoa que não saiu, ainda a cassete no vídeo, ainda a manta do sofá por dobrar, ainda o cabelo por lavar, o colar na caixa, o lacinho cor-de-rosa amarelo, a carta da prestação do empréstimo por abrir, uma prega no cortinado, e eu a pensar na clínica do terceiro frente, na casa que compramos, no menino que embalava, no menino que também nos seus gômitos pequeninos, eu as estrelinhas, ele as estrelinhas, ele um beijo, eu sozinho, a púcara do chá a assobiar ao lado da panela das estrelinhas onde a cabidela da minha sogra que já não sabia ao mesmo, já não mexias a panela, já só cuidavas do menino, porque o ensino especial não te deixava tempo, sem me veres de volta do meu relógio que custava a apertar, sem veres o relógio descontrolado, numa azáfama mais que o tempo, o menino, o menino estúpido que chegava a casa e babava as nossas iniciais naqueles guardanapos que não mais os mesmos, sem os vincos, sem serem os nossos guardanapos quando o vento quente a irromper, sem as velas na carne alta enrolada por uma batatinha que vimos fazer num restaurante fino do nosso primeiro aniversário, até mandei vir um vinho espumoso e já o menino nas borbulhas, já o menino a pesar na sobremesa que era a tua favorita, já o menino e o teu ventre gordo que não me queria, um beijinho e anda dormir mas não te ponhas com coisas, mas o menino porque nunca quiseste debruar losangos, nunca quiseste esta casa, apenas nós os dois e

o menino, até

e dá-me vontade de querer cair, de acompanhar um corpo em queda livre, de me achar no espelho que reflete nas janelas, de ser uma descida de quatro andares pois sempre é o dobro de dois, mas sabemos lá agora quem mora aqui, apenas sobra o teu corpo, apenas as minhas dores, apenas as ervas longas que amaciavam a pele quando a tua mão nas minhas costas, quando depois aquela aliança a dourar no teu dedinho

oxalá soubesse a tua mão

(oxalá que o menino)

antes um corpo em queda livre, antes prosseguir nos meus absurdos ilogismos que propagam como obsessões perturbadoras, é a febre, um fungo a pegar-se ao meu corpo, ainda a banheira cheia de água, numa forma oblonga que está gelada e me arde onde nem uma mão nas minhas costas para me tirar o sarro que fulge nas gretas que vão rachando o meu organismo, porém, ao passo que me aproximo mais da minha mulher, a minha Silvina, ao passo que nos achamos cada vez mais juntos, ao passo que somos mais um só, e deste modo a minha aliança vai-se despendendo dos dedos, a derreter na água glacial que transborda para as toalhas que tenho a ensopar o chão, e no entanto um arroio que encontra caminho nos ladrilhos dos mosaicos, nas ripas da madeira, nos algerozes que pingam para a rua, que começam uma poça no passeio da rua onde a água, onde a lama, onde os filamentos dourados da minha aliança que já não serve, que já não pode servir, que já não me interessa, é apenas parte duma outra parte que se perdeu

juro que procurei

(confesso-me com vontade de desistir)

e tampouco acho que valha a pena sair desta banheira, a água tão gelada e todavia queima, mais a banheira que se enche porque deixei para último arranjar aquela torneira e agora sem a minha mulher, sem que a possa ter aqui naqueles domingos da bricolagem a dizer-me como era habilidoso, como deveria ter ido para engenheiro, e eu ria-me, salpicava-a com borrifos de água, a brincarmos como garotos, e depois então o nosso, intrometido, a achar que era onde se podia meter, entre nós, eu já irritado outra vez, voltava para o arranjo da minha torneira e agora talvez não pingasse, talvez não derretesse a minha já ferrugenta aliança que se funde neste charco que continuo a encher, onde podia ter afogado o meu filho, onde podíamos ter asfixiado aquela barriga que veio um dia tomar de assalto o traço sereno do nosso casamento, o arquétipo da maneira como pemduravas o colar, o afago que puseste na decoração desta casa, podia ser apenas uma barriga estrangulada e eu, e tu, talvez a balançarmos os dois, lado a lado, a partilharmos a mesma manta, a fazermos a mesma ginástica matinal, a vermos ambos o sol por entre os prédios submergidos da cidade, a darmos a mão, as nossas alianças uma junto à outra, entrelaçadas, a partilharmos a mesma tampa do caixão, onde agora podia florir a espiga da primeira flor dum castanheiro, e depois de novo o fruto para a terra, de novo nós, de novo o ouriço em que habitamos

nesta casa

mas o menino, o idiota do meu mais novo.

23

A GUARDA PAROU

(dois mastins são dois cães de agarre).

Já não mais pancadas na porta, não mais bilhetinhos e notificações

(um sargento tombado do segundo andar onde acharam as medalhas dum coronel)

talvez não me queiram mais, e todavia insisto neste silêncio, nesta quietude suspensa, nem ruídos, apenas o estrépito da dor que embate calado contra as paredes que ainda assim também elas imóveis, apenas o romper da água que escorre abafada pela chuva que lá fora

(outra forma de pingar)

e, sucessivamente, nas minhas rodas, na minha rotina, para aqui ando a enganar qualquer sonido que se atreva, arranquei as tábuas que chiavam, bocadinhos de algodão nas brechas sibilantes, as torneiras de segurança coladas com fita, engoli a medalhinha da santa que trepidava na mesa de mármore gelado, em breve também o ar, também o movimento já não ouço os cães ladrarem, nem a agitação da cidade, os meus olhos acordados são agora uma forma de dormir

(ciscos)

e o amontoado de lixo e esterco é agora uma enorme enxerga fresca e confortável onde me deixo cair

passei a cair mais

onde me amparo em forma de estrela, profuso, espraiado, longo como se os amanhãs hoje todos aqui, a tê-los comigo mais rápido, a imprimir a velocidade toda do ar e do movimento no tempo que resta, neste altar improvisado que é o chão poeirento da nossa casa.

Há muito que deixei de me vestir, caminho nu entre as divisões da casa, um pássaro de galho em galho nos castanheiros da nossa terra, não freixos não acácias não tipuanas, apenas um relógio de mostrador vazio permanece no pulso magro, onde nem os números lá parados me impedem de continuar neste desleixo a que me habituei, e mantenho apenas um cobertor para a minha mulher, a sua velha manta, coçada, de buraquinhos disformes que já nem uma agulha, e iria achar ridículo ver-me assim, mas é para o teu bem meu amor, não posso senão estar assim caído, senão assim porque as roupas leves bulícios ao passar, não podemos ser outra coisa além do silêncio, além do silêncio extremo e absoluto, além deste existir que tão mais próximo duma forma de infinito, dum castanheiro caído, dum túmulo calado e tímido, em que apenas uma almofada para a sepultura, um último lençol, apenas

em breve estaremos juntos.

Arranquei todas as plantas dos vasos

pétalas pardas

e tenho agora as mãos cheias de terra, a areia separada, pedra por pedra, também cascalho, folhas, não faltará cadáver nem excrementos, e, assim, a sepultura que não posso adiar mais, um lugar que componho, dentro em pouco do chão ao teto a nossa casa todo um pote preenchido de húmus, um bocado de fazenda que compramos em Magos é um silvado que mando queimar todos os anos por correspondência

nunca lá voltamos

portanto aqui ficaremos à espera dessa imensidão indefinida que é o nosso féretro, um verniz ao longo da folha de carvalho, um debruado dourado, um epitáfio simples, uma ladainha por duas ou três carpideiras que vieram assistir

nesta casa teremos tudo, é onde ficaremos, é onde te preparo e haverei de te começar a vestir com um vestido cinzento que lhe fizeste uma bainha perfeita, o decote sonegado, as pérolas, os sapatos, também estarei de fato, uma gravata e tudo, não te rales, meu amor.

Aos poucos começo a ter tudo mais silencioso, irias gostar de ver como descasquei as últimas peças de fruta do prato das flores, e aqueles bichinhos enervantes (cujas patas) pararam com os seus fragores intensos que como manadas de búfalos para trás e para diante, e também a cal das paredes que as comecei as descascar porque os fios da umidade a escorrerem mais manadas, os quadros das paredes porque o som absurdo de manadas pela força que exerciam nos pregos pendurados, e absurdo eu que manadas nos meus ouvidos sem porém ouvir, para que então no vazio do húmus, no vazio duma sepultura senão um ponto numa folha de papel parada a esvoaçar na asa dum pombo ferido que se despenha lá em baixo no chão da avenida, num último ouriço que rebola o fruto da castanha para a terra. Nunca imaginei que tudo gritasse, até as vírgulas, até a faca fria pousada no miolo do pão, até as penas agitadas dentro da almofada, até a tinta da caneta, até eu, até a folha de papel, todavia sem voz, atropelado pelos convidados do casório que me apertavam a mão, pancadas nas costas, beijos molhados numa papa de água que devia fazer quarenta graus, o céu laranja, o padre a suar do bigode, a hóstia ensopada, os círios uma braseira, o Senhor da Cruz numa calcinha reduzida, os ornatos do leque da minha sogra, a avó negra de soslaio para os ímpios que nem uma gotícula de suor, e o sacristão que não lhe bastando o nome de fineza numa ventoinha a soprar-lhe as partes baixas a repetir mais alto o amém que o meu cunhado já desde as nove da manhã na bagaceira a repetir que era dia de festa e a minha avó a repetir hereges amém, que um pinhal que ardeu aqui perto faz hoje quinze dias, um bastio que se arrastava por hectares ao longo da levada, perdeu tudo o morgado, o desgraçado que já a mulher e o garoto levados pelo tifo, umas tosses que se lhes deu, e agora sentado nas sombras do souto dos meus sogros como a invejar-lhes a madeira, a desejar-lhes a doença da tinta, a roda dos convivas transpirados a vinho, e o morgado dobrado para um poço, dobrado num copo do meu cunhado, um furo que alagava a terra toda e as sementeiras mirradas, definhando, mais tarde os bezerros a caírem, os tordos nos galhos, o meu sogro ó diabo que achei mais dois vitelos mortos, a mangueira a lavar a terra toda, e então um rapaz que era engenheiro com uma bolsa de etiquetas, uns marcadores, lá o que é, deixe lá o senhor engenheiro, mas, senhor engenheiro, o poço um cheirete, os bezerros em sacos impermeáveis, a água contaminada que só descobriram o morgado por época do São Martinho, trinta cabeças a menos e o inverno custou, mas lá passou, e dizem as gentes que sete dias a gritar o homem do fundo do poço, sete dias um eco, sete dias que isso são os miúdos a assobiarem com as fisgas, e ainda hoje vinte e cinco anos no dia do nosso casamento, no dia da festa, os gritos do morgado por sete dias a azucrinarem-me, nunca imaginei que tudo gritos, tudo manadas, tudo ecos, nunca imaginei quanto seriam sete dias, e nesta casa falta-nos um poço, os canos estalam, outros ecos, outras sombras, eu que nunca morgado nas labaredas dum pinhal, eu que nem soutos nem pinhais, eu que apenas um copinho de vinho ao jantar, nem um espumante nos aniversários, nunca gostei do feitio das taças, e o vinho apenas um bocadinho porque a saber-me ao sangue da panela da minha sogra e apenas a sorver aos bocadinhos para que não se acabe, para que a capoeira cheia, para que outra vez naquela sala, para que outra vez as nossas mãos

nuas

e nesta sala, nesta casa, uma preparação de húmus, eu abotoado na minha pele em gangrena, o sargaço, este penico de barro que é onde nos achamos, a amaciar a terra, a pô-la fértil para que receba as vozes caladas, para que termine esta fetidez, estes barulhos, eu e os bezerros num saco de vácuo impermeável, a água do cano, mais terra, mais os pés descalços a cortarem-se nos bocadinhos de aliança espalhados pelo soalho, mais perto, mais junto a ti, meu amor, mais os dois no nosso sudário, já me vem o cheiro dos crisântemos, ao que cheiram os cemitérios, ao que cheira a nossa casa, e a florista aborrecida porque não vende nada, ninguém para nos visitar, já a lamparina apagada, a laje retangular

não tem a forma dum losango

branca e suja, indolente e apática

em breve também o ar, também o movimento

e sinto-me etéreo, numa macilência celestial, a saber-me ao fim, esputo que me corre junto ao queixo, babo, ali a janela, os pombos, as rolas, cegonhas em círculos imperfeitos, e de novo ali a janela, dois jovens ardidos, o meu rosto enrugado, as pálpebras dormentes, os filamentos dos pelos brancos que me caem do nariz, o olhar gutural dos gritos reprimidos, que até entoei uma serenata no dia do casamento, uma festa, um cavaquinho, as cordas do cavaquinho, e as cordas a içarem-me do poço e eu sem poço e todavia encharcado porque também a chuva porque também a nossa casa inundada porque também os ralos entupidos porque os canos a roncarem porque também as paredes como trovadores a que arranco a casca a que desfaço a tinta, as lagartixas de volta do morto, as térmitas no corpo, o corpo do morgado uma forma de presságio, a casca do sobreiro, as japonesas puxadas até baixo, a bainha certa rentinha ao chão a amarelar, não do sol, não da água, parece-me que tinham apenas de amarelar, uma espécie de bolor quando as casas envelhecem, quando nós, as nossas gelhas, os filamentos a fugirem para os cantos dos rodapés enrolados nos cabelos que caíram todos, também os da minha mulher, e o morto encostado à borda do poço, a água estiolada de luto, e os cães à volta das minhas pernas, não porque um morto num poço a ecoar no dia do nosso casamento, porque este prédio, porque as portas trancadas, porque cheira mal, porque perdigueiros, não, mastins, a espreitarem debaixo das saias, debaixo dos bancos, debaixo dos copos, debaixo das árvores, os cães curtos por uma trela porque nem sempre perdigueiros soltos e vorazes, mastins, e na boca a galinha na panela, o sangue na panela, o miolo do pão a escorregar no prato, a faca fria a fazer-se quente, as laranjas, a casca das laranjas, as castanhas, os ouriços das castanhas, os frutos num prato que me sabe a cabidela, me sabe a Magos, os frutos que não queria saber o nome porque na cidade lá arranjas um bom emprego, fazes-te empregado nos serviços, vestir um fato, uma gravata não cinzenta, a refeição rápida à hora de almoço, enquanto o metropolitano, enquanto o movimento, às vezes passa um carro de praça porque não quero chegar tarde para jantar, no verão nunca voltamos a comer laranjas, no Natal também não castanhas, na cidade vinha tudo embalado como fazem aos corpos contaminados, aos corpos tirados do fundo dos poços onde morgados a pressagiarem, carpideiras persignando-se, não sei o que fazem às cordas, atam-nas aos mecanismos elétricos dos portões, aos galhos das árvores, fitas para cortar em dia de pontões, cordame para naus, fazem saias para prostitutas, batas para parteiras, faixas para sargentos e coronéis, talvez brigadeiros, trelas de cães, já não fazem cavaquinhos, não cantam serenatas, nem as paredes trovam, nem a cal da parede, nem uma lata de tinta, nem desenhos de losangos, nem cordas nem poços, e longe da nossa terra, longe de Magos, longe do silvado por correspondência que agora arde, porque tínhamos um emprego, porque nunca lá quisemos voltar, e depois passou o tempo, depois o relógio deixou de ter pilha, às voltas no centro comercial e relógios novos, relógios baratos, os ponteiros digitais a mudarem todos na forma do oito, a preencherem a forma do oito, um bracelete de plástico e nunca o número zero porque às zero horas são doze nos relógios e nos digitais é sempre o número zero que afinal é a forma dum oito, enquanto lhe punha um acerto para que sempre o movimento, às oito no serviço, o miúdo na escola, um beijo, meu amor, até logo, amo-te, Silvina, a que horas é o jantar, às oito, porque uma montanha de fumo que daquela janela onde os corpos sobem leves ateados a um silvado, se deitam numa lápide, enquanto o ar, também o movimento, também eu quase

acho que já não demoro muito, meu amor

mas os cães

(também presságios dum morgado no fundo dum poço a ecoar).

24

O CORPO ESMIUÇADO DOBRA-SE SOBRE A MACA que não alarga, estreita, curta, não cabem nela os membros feridos, a cabeça a tombar, repuxada pelos cabelos desgrenhados, e um brinco que pende como ímã ao chão, a cair e não cai. Não passa dali. As rodas soltas da padiola, aos trambolhões, como cadeira de balanço, berço de embalo, porque o caso mais sério e a maca pronta para abalar, compridos corredores de enfermaria

(formol)

e apenas uma saleta contígua apertada para fazer as vezes duma clínica, para que a placa da clínica que há no terceiro frente não enferruje, enquanto apenas um lençol tingido porque a menina de barriga aberta, de olhos esbugalhados nas argolas do fumo expiradas da boca dormente do passador

arreliado (não está cá)

de olhos esquecidos, as pálpebras sonolentas

(formol, etanol)

turvas, à descoberta duma janela onde os pássaros, onde as árvores, onde o azul, e uma cortina velha, sebenta, buraquinhos de pontas de cigarros argolas de fumo

uma cortina que guarda os pássaros, as árvores, o azul, uma gaiola onde pombos e rolas, onde uma cegonha que não passa, e às vezes os olhos bambos de volta das expressões da parteira

— Dói-me a barriga, mamã

e às vezes nem um resto de linha, a vista a faltar para a agulha porque o caso sério, porque o caso coisa de doutor, a debelar sangrias para um frasco que por uma palhinha bebe

sorve

e a menina sequiosa, a doer a barriga, mamã, no seu tamanho pequenino que quase tomba da maca, o tamanho duma carteira de escola, o tamanho dum losango desenhado a giz no recreio onde meninos, cochichos, beijinhos, de volta à janela, de volta à cortina, a um menino que passa e chuta uma bola, um balão que voa, a olhar para o recreio vazio pintado do branco do giz, jogos de macaca e nem macaquinhos nem macas, desatenta, a imaginar trava-línguas, passatempos, canetas às cores nos caderninhos quadriculados, dédalos

— O quadro, menina

onde desenhados os camelos na forma dos losangos, duas bossas, sequiosos, a atravessarem um deserto, o pátio deserto, a cortina da janela uma tenda tuaregue a despenhar-se nas dunas, e os camelos a meia-nau entre o deserto e o pátio da escola onde cortinas e buraquinhos de pontas de cigarros encobrem pontões de meninos de naus inteiras, partidas, que no fundo do mar, além-mar, e mais camelos, mais macacos, mais palmeiras, dunas, animais e plantas numa colina africana, numa carteira de escola, atiradores e meninos caídos

— O quadro, menina, deixe lá os rapazes

e a menina tão longe do quadro, tão longe o rapaz, tão aqui uma maca apertadinha por onde lhe caem os brincos, e a menina e o menino, a janela e a cortina, os dois de mãos dadas, numa cerca que pula para lá do pátio da escola, às escondidas

um jogo de crianças

num vão, numa lanterna escura que debruados de luz sobre os peitos ainda mal nascidos, as roupas da moda, a mochila, nos cadernos desenhos de corações, eu mais ele, ele mais eu, as minhas amigas dizem que és maroto, e tu maroto a atirares-me as costas contra a parede dum túnel de prédios, caixotes, garrafas de cerveja, o fecho dum vestido de menina, a presilha do soutien, a alça descaída, as calças de ganga mais largas ao meio, os brincos a penderem para o chão

— Para a semana, rapam-me o cabelo

um número de série numa estatística de catrinetas (a meia-nau)

— Devíamos fazê-lo

a mochila, os cadernos, os peitinhos, a sementinha

— Maroto, não me magoes

e as minhas amigas e tu maroto e as velhas a arrastarem os carrinhos de compras cujas rodas ressoam num túnel estranho por baixo de prédios de marquises como macas articuladas com rodas soltas em corredores de enfermarias onde pelas pernas escorre a tinta de canetinhas permanentes de cores (fosforescente, lilás)

— Poucas vergonhas

e acabar numa maca, muito apertadinha, outra vez apertadinha, aflita, outra vez aflita, a orelhinha roxa (lilás) porque o brinquinho a magoar preso no cabelo despenteado (fosforescente), agora o cabelo rapado, mais um que cabe na nau catrineta, a farda engomada, janelas de salas de aula são como janelas de cortinas velhas, panos de velas de catrineta, tudo escuro ainda que o luar da água salgada que tropeça sobre o tombadilho onde os namoros de escola esquecidos porque um canhão que dispara, o vento que assobia, e as manchas na roupa, a primeira vez, uma pasta estranha, um encosto de pernas, o joelho dele a rodar, barulhos estranhos, o vento a assobiar nos carrinhos das compras num túnel, pastoso no meu umbigo, nas minhas pernas, num buraquinho

— Poucas vergonhas

— Devíamos fazê-lo

— Tens de ter cuidado

— Poucas vergonhas

— Dói-me a barriga

e o elevador avariado que não sei como tiram daqui a maca, mãezinha, aguenta mais um pouco que a senhora já trata de ti sabe se demora muito a menina Irene

sereias de ambulância que não tocam (caminhões do lixo)

e nas argolas do fumo mais uma menina que não passa, apenas se contorce, apenas se enruga mais depressa, nunca se viu passar um camelo pelo buraco duma agulha, de modos que a parteira agitada, as argolas de fumo mais largas, a maca desengonçada, como são longos os corredores das enfermarias, a desembocarem numa janela de alto a baixo

nos hospitais não há cortinas, nos hospitais não recebem meninas

apenas um velho sargento caído do segundo andar, achado de medalhas amassadas, ainda um sopro na máquina eletrônica que faz risquinhos, que desenha como relógios digitais traços de giz para losangos, para ponteiros de relógio, para poemas em labirintos, idílios, dédalos, como um eletrodoméstico avariado que faz pi, ainda um sopro, ainda um assobio duma vela no vento, ainda a agitação duma cortina destapada, e depois o reposteiro, depois o fundo dum sumidouro, depois os cães ao sol, não sob luares, estirados sob a calçada quente, espreguiçando-se num latir enfadonho a uma carreta que puxa uma mula velha que manca à porta do número dum prédio, a tocar no intercomunicador do quarenta e sete da avenida

— Quem mora aqui?

e o prédio a descair dois centímetros, dois centímetros apenas e desconchavam-se os estores nas calhas, as portas que deixam de abrir, fissuras nos degraus, o intercomunicador desalinhou-se nos andares, quem toca para o primeiro toca para o segundo, dois centímetros apenas, mas o movimento da Terra impiedoso, o fumo da chaminé agora mais baixo, as horas de sol mais pequenas que as janelas encobertas por prédios agora quatro centímetros mais altos, é apenas matemática porque são dois centímetros apenas, e os cães na sua passada monótona à porta da taberna, o posto fechado, a trincarem um pedaço de osso embrulhado na folha dum jornal, os molares a compasso mastigam, dormem outra vez serenos, desviados das velhas e os seus carrinhos inoportunos cujas rodas trauteiam lengalengas como poucas vergonhas, sem saberem como se desenham corações como também eles protuberâncias dorsais de camelos

— Venha ao quadro, menina

a escrever trinta vezes protuberâncias dorsais, a escrever trinta vezes amor

a desenhar corações, duas bossas, amor

as mãos manchadas do giz, o pó do apagador, a cabeça martela no quadro de lousa onde as unhas por aí abaixo a rasgarem afogos que retumbam como silvos aguçados nos ouvidos

(bolas de canhão)

dói a cartilagem, dói o ouvido, dói o brinquinho

são as costas voltadas para a janela onde um menino chuta uma bola que salta uma cerca e até ao fundo dum túnel onde poucas vergonhas que valem a forma dum coração

as protuberâncias dorsais dum dromedário, o desenho do coração

a passarem no buraco duma agulha, as argolas fumarentas a elevarem-se

— Não abras a janela

e a barriga aberta, o passador já de luvas, mais formol, etanol, os olhos da menina revolvidos, contraem-se e dilatam-se

transe

— É só para entrar uma aragem

os arranques do vento na vela duma nau catrineta

porque de lá vêm os olhares, as espreitadelas, as adivinhas

lengalengas passatempos trava-línguas (dédalos)

as gentes que conversam como os grilos à noite, eles também candeeiros num túnel estranho debaixo dos prédios, porque nem todos às marteladas num quadro de lousa onde o giz e a aula de biologia a prolongar-se

— Não aprendes nada, menina

escreve trinta vezes

— Já está

quão rápidas as distâncias no deserto, um menino a quem vão rapar a cabeça, a tenda desmontada, os tuaregues em caravanas, as colinas de África

podiam montar numa carroça onde os pássaros onde as árvores onde o azul, porém deserto e uma sementinha

o corpo deitado sobre a maca a contorcer-se

— Dói a barriga, mamã.

25

Há uma estrada clandestina feita de madeira que segue como uma linha quebrada rodeada de pinheiros onde os marcos em pedra a cada quilômetro, mais ou menos a cada quilômetro, chagas a cada queda, onde marcas da gangrena, onde eu antes, onde o meu corpo são, onde antes menos semelhante ao que agora resta da minha mulher

também ela, também antes

sem os marcos da estrada, sem semelhanças a esta desfiguração diante do espelho partido, olhando o retrovisor e nem chagas, um corte apenas da barba afeitada, um cortezinho apenas, um penso muito meticuloso, não estes ferimentos que já cheiram, esta carne podre como animais ao sol num campo de giestas velhas

(e grasnar de corvos)

uma estrada quando nem sorrisos no retrato da mesinha da entrada onde as gavetas contas por pagar, postais de Natal, caixinhas de fósforos dum hotel quase no estrangeiro uma vez, ainda o boletim do médico, um ouriço para ali, as chaves da cerca do silvado que sem arder podia ser uma casa com vista para a serra e para as neves, onde o fotógrafo para nós às arrecuas para o enquadramento no altar, nos lilases cuidados junto à capoeira, junto a um muro de pedra, trepadeiras e hortênsias, de perfil, braços dados, e agora troca, e o fotógrafo, e a luz que nos meus olhos a cada curva da estrada, o sol morno e vagaroso a cada guinada do volante, como clarões da máquina fotográfica, como clarões de olhó passarinho

corvos ao cair do sol e cucos nos relógios

como faróis a levarem-me

já é tão tarde.

Não sei, mas há esta estrada que se desenrola como novelo que tricoto para as malhas da minha mulher, já disse que não a quero ao frio

o pequeno aquecedor, porém a terra úmida desta sala fria

e ela tão corpo frio

(as raízes dos pinheiros quando as neves)

onde apenas os besouros mais quentes e a terra revolvida por um sacho, porque a terra molhada, porque assim, fecunda, oxalá que a minha mulher a casca rija de troncos de castanheiros que troncos grossos que pinheiros que desvio-me a cada curva que nesta estrada

a cada poema em arco, idílios que canto, dédalos que desenho

porque a sentir o piso do alcatrão arrefecido pelo final da tarde, pelo grasnar dos corvos mais sossegados porque nem todas as guinadas no volante fatais, porque até aqui não vêm os caminhões do lixo, nem alteram o sentido do trânsito, procissões, ônibus e sereias, domingos de ramos, porque apenas às vezes um passador para o outro lado da raia, uma carroça, um aceno

e então os corvos novamente agitados, o sol menos morno

não sei se mais frio se mais quente, menos morno

cucos

mais um serralheiro na fronteira porque passeio como num pontão, e por aqui fogem, e finjo que não vejo porque também eu um filho infelizmente, mas também eu, numa estrada de água, talvez só o reflexo dos líquenes, talvez só o reflexo no espelho, no retrovisor, a bodelha onde escorrego, o verdete, a minha cara de expressão oca e translúcida que nem os clarões do fotógrafo, os ângulos de novas curvas, novos perfis, são agora mais de cinquenta anos nas minhas rugas, mais do que os ponteiros dum relógio, mais que as voltas nesta estrada, aquela que me lembro apesar de

não sei

apesar de fechado na gaveta da mesinha da entrada, apesar de mais sagaz no desenho de cada curva e seguir acelerado, e ainda que tão tarde os rodados num pontão que é a casca grossa trabalhada por um serralheiro do lado de lá da fronteira, e quantos buraquinhos que atravessam o molhe e o automóvel mais obstinado, e a cada marco mais um quilômetro, mais ou menos mais um quilômetro, na direção da cidade, sem doer, apenas um penso na barba esplêndida, nas feições rijas que o perfil tão limpo e vigoroso, o fotógrafo tão capaz, no enquadramento que recebemos num álbum que veio pelo correio passado vários anos, lembrou-se, amolgado numa das pontas, a orelha de livro dobrada, não faz mal, também agora o meu dorso dobrado porque a caber numa gaveta, ainda para mais os papéis, o molho de chaves, ouriços, e em cada fotografia pessoas que não conhecemos, já nem os pais os padrinhos o senhor padre porque todos a arderem num silvado, uma pilha de corpos porque afinal mais de vinte e cinco anos passaram, porque depois de cada curva já nem mais um rosto, nem mais um sorriso, nem mais os pinheiros, e também as cartas trocadas papel para a caixa do gato porque nem sempre o jornal, e agora para a minha caixa, para este tê qualquer coisa porque também eu pelos cantos nesta incontinência que não contenho, os meus orifícios todos vontade própria, não excessos apenas velhice, não demência apenas doença, e esse apenas a deixar-me, um apenas que me leva o corpo, a desencaminhar-me a alma que Cristo a cada queda, e novas chagas, novos marcos, novas curvas, a estrada toda, os pinheiros caídos, as neves e o automóvel a patinar, derrocadas, sinais de perigo, cuidado, António, os olhos dos meus padrinhos, a lapela do casaco do meu fato murcha o funil duma tulipa, os sapatos do meu tio onde os aplausos todos, onde o pó da festa, a carne e o arroz de feijão em caixinhas para os convidados, ninguém tocou no bolo, a derreter, a tombar, e eu e a minha mulher com a boca cheia de bolo empurrando com uma taça de espumante, um brinde ao António e à Silvina, um brinde, um dos copos bocelados, um pontinho numa toalha de renda, e a minha sogra a fazer vista grossa que não era tempo para se fazer um casamento assim, não pelo espumante que o pagou o meu cunhado mas pelos copos bocelados, pela toalha de renda, o poço destapado, porque senão os convidados mais pobres, porque senão a comentarem nas mesas do café da aldeia, de maneira que viemos na direção da cidade esquecendo os copos bocelados as toalhas de renda as caixinhas com a carne e o arroz de feijão as mesas do café os sapatos do meu tio o vestido da minha mulher a tulipa mirrada o poço destapado, sem saber o caminho, sem virmos de automóvel, por esta estrada.

Não sei, mas reconheço esta estrada, este troço que se estreita, nunca se alarga, e não preciso dos marcos, porque as chagas, porque reconheço os cachos das videiras onde cada corvo pousado, o sacho que revolve cada campo de besouros, as algas e os líquens, o meu espelho, cada bocadinho seu como num jogo de meninos a encaixar peças, e já as mãos cortadas, a cada golpe nos vidros quebrados uma curva, um retrato, uma gaveta, há dois velhotes que estão de braço dado na minha mesa, estão a rir, estão felizes, uma pontinha de arrogância porque ainda mais felizes, porque na direção da cidade

não sei

apenas dois velhos de costas magoadas porque provavelmente deitados na madeira velha dum caixão, nas bordas frias da laje dum jazigo, estão a cumprimentar outras pessoas, e no banco de trás do automóvel o álbum permanece imaculado porque lá ninguém, e no entanto os retratos manchados pelos sangue que me escorre das palmas, pelo penso da barba destapado da minha face mais mole, menos vigorosa, sinto-a como uma espécie de papa de farinha e leite, grumosa, e os grumos na fotografia as feições dos dois velhotes que não conheço, nos rebordos amarelecidos uma data como nos rebordos dos tapetes os fios a soltarem-se, o cabelo da minha mulher que são tufos que adobam o vaso em que transformei a nossa casa

nunca deveríamos

como quando eu sentado na esquina da banheira, a minha mulher com a tesoura das unhas e o meu cabelo, uma passagem no chuveiro, o miúdo a querer espreitar, ver como a nossa expressão era só nossa, e lhe atirei um chinelo para que fosse estudar, e nunca nas gavetas notas da escola porque o miúdo um idiota que nem cabe nos retratos da mesinha da entrada porque nunca deveríamos ter comprado esta casa, porque uma mesa mais pequenina, menos gavetas, sem lhe tirar a poeira, prefiro-a assim mais pequena para aquela fotografia no banco de trás, a enfiar-se entre os estofos por onde caem as moedas, os talões da portagem, porém a estrada clandestina, nós com as contas por pagar e nem moedas nem talões nem portagens, somente a estrada desabrida, cuidado, António, apenas um ziguezague que já vejo as galinhas na capoeira, a faca no pescoço, o pito a gritar, a golinha do galo, o sangue no balde, as penas, os miúdos numa canja, a seiva do frango a guisar-se na panela, a servir-me outra vez, o meu sogro, a minha sogra, os meus cunhados, a minha cantiga cigana, em breve todos num retrato, em breve quase o silvado limpo, um homem e uma máquina que não por correspondência, a roçadoura pela manhã, também eu e um sacho que comprei na loja de ferragens, também mandam apertar alianças, e trago lá um pessoal a construir as fundações para a vista dos pinheiros, para quando as neves caírem, para quando a lenha a crepitar como besouros mortos, líquenes a secarem, espelhos pendurados onde dois rostos numa casa, à mesa uma toalha de renda e dois copos, um brinde, a escolhermos os ouriços, uma cômoda de mogno, quatro pés dourados, à entrada não uma mesinha, uma cômoda que mandamos comprar e lhe pregam os pés na loja de ferragens, também apertam as alianças, gavetas onde a lenha toda dos pinheiros, os ouriços dos castanheiros, os retratos ordenados por feições, onde às vezes vou buscar um bocadinho do sangue da cabidela e bebo, às vezes os dentes do teu sorriso, às vezes as chaves duma casa que nunca deveríamos ter comprado a atear as brasas onde deito um filho, um filho que nunca amei porque outro me morreu nas curvas duma estrada, cuidado, António, onde ainda um corvo a grasnar, onde ainda as horas, a videira que me parou o automóvel naquela estrada no caminho para Magos, um tronco no peitinho dele ainda tão indefeso, os gritos da minha Silvina porque um caminhão do lixo na nossa direção, cuidado, António, não na direção da cidade, cuidado, António, na direção do silvado para o limparmos, cuidado, António, na direção daquela panela, daqueles velhotes na fotografia na nossa mesa da entrada, apenas uma distração, apenas um corvo, e depois um filho idiota que outro era o nosso amor bem nascido e lá ficou, não este, este um idiota, pronto já disse e repeti, e viro as brasas, que me saltem para os pés dourados que caminham silenciosos nesta casa da cidade, não em Magos, para que não nos ouçam, para que não nos venham buscar, porque daqui apenas vamos por uma estrada de curvas, não sei, um caminho que conheço, tão longe lá, em Magos, onde ainda há corvos que debicam ouriços que os tenho numa gaveta, não sei se uma mesinha, se uma cômoda, não sei em que direção, apenas que mais um marco, outra chaga, só uma náusea por sentir-me quase tão perto, quase neste aperto do que agora fui fazer, porém também o meu corpo mais frio, a terra mais úmida, a terra mais revolvida, uma tábua solta que surge numa curva a cada despiste, um clarão, passarinhos, outra queda, outra apenas que vai em alguma direção, onde a vinha doente porque os corvos a debicarem, a pastinharem os pregos do caixão ainda infante, ainda sem o tamanho próprio, a saber-lhes ao mosto, calados, soturnos, não pelo seu aspecto lúgubre e sombrio que assim o têm os corvos mas porque os cravos pequenos, as tábuas pequenas, o espaço menor, peças de automóvel espalhadas, a minha cabeça no volante a respirar, a cabeça da minha mulher o lugar do morto a respirar, porque nem todas as guinadas fatais, mas o peitinho indefeso, um galho que também as videiras galhos afiados, navalhas de ciganos, sabres de espadachins, fuzis de capatazes, o menino sem chorar, o viático uma ladainha interrompida pelas uvas podres que tombam para a terra, os pés duma lagarada sobre o menino, e eu, nos meus passos silentes a que me obrigo nesta casa porque a minha mulher um boneco de cera a dormitar, nem isso, apenas corpo, nem vil nem carnal, apenas corpo onde as asas duma mosca um esgar aturdido, depois outra, e outra, a pestilência, também as moscas manadas, e asas de pombos, asas de rolas, asas de cucos, asas de corvos, manadas manadas manadas, não nos saibam aqui, e eu, porque senão não eu, senão não nós, porque já não temos esse menino, esse primeiro bem nascido, apenas o fiacre que segue atrás da carreta que no retrovisor uma estada torta, e a nossa respiração nos lugares da frente do que sobrou do automóvel ainda que embargada, ainda assim respiração, ainda assim relógios a rodarem, e o menino um compasso sutil do último silêncio, entre o que o antes e o que se segue, uma queda, uma chaga, um marco, grude que lhe segura os lábios, um fatinho de tamanho menino esmagado pelas uvas, pisadelas no peito tinto, e os corvos, reconheço-lhes a forma como voam, como as asas manadas, como às vezes nos pescoços das cegonhas quando ainda agora aqui as cegonhas, e ainda agora aqui a cegonha dele, porém lá ao fundo estavam os juncos ansiosos para a esteira do menino, deitado, descansando, inerte e absorto nas palavras dos anjinhos à cabeceira, no frêmito dos améns que ressoam sufocados pela terra muda que segue a cobrir esta casa, e cubro esta casa de terra, baldes e baldes de terra, e não faltarão cadáveres, e não faltarão, se não apenas a primeira areia, as primeiras pedras, a baterem contra a lapa do menino, e nem uma frestazinha, nem uma nesga entreaberta porque os pregos, porque os corvos, porque as uvas, porque os galhos, porque um caminhão na nossa direção, porque cuidado, António, porque um despiste e um clarão, uma estrada quebrada feita de madeira e ainda as marcas do alcatrão, uma coroa de flores numa vinha doente, santinhas a cada curva, cantoneiros a emendarem a estrada grassada pelos corvos, grassada pelo mostrador desfeito dum relógio, que quando voltamos a respirar se não apenas o álbum esquecido no banco de trás, metido entre os estofos, esqueci-me, e o silvado a crescer, nem vistas nem neves nem os avós, tão só ficamos com um idiota às voltas nesta casa que também ela as primeiras areias, as primeiras pedras, e depois nós os três que nunca soube como não nós os quatro num retrato que o tempo levou e lá ficou o menino porque também lá ficou a estrada que não passa dum termômetro rubro, a dilatar uma febre latente, uma unha encravada, um treçolho numa vista, um dedo entalado, uma perna de gesso, uma angina, um cancro, uma agonia, uma mula que passa a puxar uma carreta, até os passadores de chapéu na mão, a cabeça baixa, até os cães o focinho curvado, ganidos que dobres de sinos, onde estás, Pai, até Tu, porque os buracos aqui no peito, no peitinho indefeso a ocupar todo o caixão, fechado, calcinado, lágrimas turvas, rodados esquecidos, uma capelinha que protege a estrada, flores secas, nem marcos, uma barra de metal margeando a berma, e na vinha líquenes e algas, um pântano que o tomaram os juncos porque a esteira descosida, porque os améns presos à terra e sorumbáticos de ano a ano que já nem os relógios, já nem os cucos, porque um buraco no peitinho indefeso do meu amado primeiro filho, e não o levam os corvos

apenas o levo eu que conheço a estrada

não sei (talvez o poço destapado).

26

A EXPRESSÃO SURDA DE BRONZE LEVANTA A CABEÇA, a testa que quer suar, as pestanas recurvas, as pálpebras dormentes, os dentes a rilharem que a boca treme

levanta mais um pouco

o pescoço dorido, os ombros pesarosos ao passo que cada costela um baque de consternação

a levantar

os pés molhados que as grinaldas úmidas assentam na base da peanha enquanto uma sombra obscura a derreter os círios que ardem num resfolgo à meia-noite e a lua obedece aos candeeiros que acendem em volta da praça, intermitentes que a cadência das botas na marcha, o pontão não longe daqui, e o homem de bronze, a querer suar, um dedo espetado no ar aponta aos contentores do cais que se elevam nas gruas, e roldanas e guindastes que erguem meninos para o convés dum navio militar

é uma nau catrineta

a expressão taciturna, a oxidação, os pombos um aborrecimento que também as efígies têm direito ao seu descanso, porém as gentes de manhã, as gentes de tarde, os pombos que rolham à noite

vendem flores e balões ao domingo

e ora os candeeiros e ora a lua mais cheia mais vazia ainda assim luar, a memória pousada num plinto onde se erguem as pernas maceradas e a testa que quer suar, que quer partir-se no chão que as frontes flagram ao sol do meio-dia à lua da meia-noite, cintilantes, encharcadas e nem uma gota de suor escorre, não pode escorrer, apenas os pés molhados porque as grinaldas porque os meninos pequeninos porque os soldados desconhecidos todos de pés arrefecidos

o som do martelo e do cinzel.

O menino passa à praça inóspita à hora da madrugada que calhou passar

porque o relógio parou (nem badaladas)

onde já nem os pombos, e senão então os rodados da carroça e os orneios da mula assustados porque ninguém aqui, afora o dedo espetado, o braço entorpecido, o sangue a fugir pela carabina que de bronze então não disparos

um disparo torto não acerta numa cegonha, não dá meia-volta para trás.

O relego do luar, os olhos que dormem, e apenas a paliçada que protege ao redor da estátua parece seguir não parada, continuando por um estreito e extenso corredor da base da estátua ao molhe atolado em que mil meninos e nem um só buraquinho, senão apenas um funil que escorre para o mar

prolonga-se

um buraquinho

um corredor estreito onde plantados os castanheiros e os ouriços no outono frutos espinhosos que magoam os pés ao passar.

Também queria dormir, também queria adormecer no cheiro dos castanheiros, nos espinhos dos ouriços, na lama que amolece e depois seca, sólida, cruel, o estio impiedoso tão melhor que a estopada duma praça onde o dedo espetado e a barriga encolhida para honrar os meninos da nau. Também queria dormir, mas os candeeiros acesos, o dedo espetado, a carabina contra a perna em esforço

a levantar

mas a estátua zarolha, a estátua manca, e dois bêbedos que fogem por uma viela numa esquina da praça, a trautearem canções de barcos, canções do fundo do mar, talvez dois piratas, talvez, certo é que dói a cabeça da estátua como podem doer as cabeças das estátuas, como podem cair os ouriços dos castanheiros, espinhos e a semente mais macia porém, um logro esta estátua como todas as expressões de bronze

surdas

os olhos transviados caem no meio do chão, a carroça assustada pela mula inquieta, a praça mais vazia, e a tremerem as balaustradas, porque só queria dormir como todos os meninos e os seus pescoços partidos, as suas fardas furadas, os seus olhos arrancados, as suas lágrimas de suor ainda nas couraças trespassadas, ainda molhadas como se no fundo do mar, queria dormir, mas a espingarda de bronze, os pregos na placa que diz quanta a honra dos meninos esquecidos, as grinaldas, os círios, o luar e o sol da praça, às vezes as flores e os balões

como é surdo e estático o bronze, a casca dos castanheiros, o peso das pálpebras, o carrego duma espingarda.

— Quem mora aqui?

um eco

— Quem mora aqui?

outro eco

ecos a repetirem-se, bruscos, curtos, estalidos a repetirem-se nas sombras, talvez somente a bruma e os seus chiliques de senhora velha que temerosa envolve no seu manto os meninos esquecidos, e por isso as estátuas, por isso o ministro a fazer contas ao bronze, porque todos sabem que as estátuas se erguem na penumbra, caladas, apenas memórias, não dizem nada se lhes perguntarem (também as medalhas)

nem uma gotícula de suor

erguem-se todavia

uma moleza que não deixa dormir, e depois segue o dia, novamente as gentes, as flores e os balões, um cheiro pérfido que percorre a cidade

os cães aziagos

o menino montado na carroça

— Anda, mula

o atoleiro mais escorregadio, mais incerto, mais os pássaros de verão que deambulam nas veredas que como paliçadas guardam as cabeças do gado, o poço também ecos, também um morgado, esconderijos de tormenta que não pode o menino conhecer, senão apenas perguntar

— Pai

senão apenas

— Mãe

e novamente

— Mãe

e onde cabem os dois porque a cidade larga, abas dum guardanapo para o resguardo duma mesa onde o frango pula no sangue, onde memórias que não pode conhecer, toalhas de rendas, copos bocelados, poços destapados, talvez uma estátua de bronze, talvez uma forma que levanta o pescoço com a dor duma casaca que simplesmente o sol e o luar, uma borrasca que aparece e enche as vielas, o caminho brejoso, onde tropeça e cai, onde a carroça empenada, uma roda no ar, uma roda que não anda, duas rodas quietas, a mula a pingar, nem nos valendo que

— A gente tem muita fé

nem nos valendo

— Anda, mula

talvez só a nudez da praça, a quietude da bruma, o esqueleto estático

o bronze derrete

a lembrar-se dum sítio que não conhece, duma aldeia a que nunca esteve para ir, nunca a casca dos castanheiros, o fruto das castanhas, os ecos do poço, as neves da serra, a capoeira, tão somente um tê qualquer coisa no quarto andar do número quarenta e sete da avenida desta cidade, os deveres plantados à mesa sem os perceber, pai e mãe nos seus cochichos sobre um amor esquecido na beira duma estrada, num galho duma videira, não este, um amor, não este, outro, melhor, uma saudade

— A única vez em que regressamos por aquela estrada

e por isso, o menino tonto, em voltas, por isso a praça, à sombra da estátua de bronze, do soldado esquecido, de outro menino, outro como ele, outro a que não se conhece o nome, os vidros da frontaria duma loja que guarda fardamentos e relógios de pulso, agora vende-se tudo, não há nada

outro estore corrido, mais um que se abate

e segue então o caminho de breu

já são duas as voltas à praça, fora vielas e piratas

um mesão de talha onde pais, avós, primos e cunhados, cantigas ciganas, onde até o poço canta sem se lhe conhecerem os presságios que agora, e mais fortes, mais tenores, a opereta de faca e alguidar, e chega-se ao pé do menino o cantor

dobra-se a estátua

quantas cantigas, estremecem as pernas da mesa, a carroça, zurros, galináceos, os pássaros

mais um tiro numa cegonha, outro estore a cair

e de volta a uma estrada por fazer, um caminho velho, enquanto apagam as luzes, o sol nasce, a vida ininterrupta, e as gentes, uma banca de flores acolá, um balão que fugiu, os mastins às adivinhas

— Os teus pais, menino

— Não sei quem mora aqui

um cão que se meteu por uma viela e dois piratas, dois vadios, o posto da guarda fechado.

Prossegue a malina que enche a cidade que desemboca no sumidouro à entrada do número quarenta e sete, um calor fétido que sua a camisa do menino, e a estátua nem uma gotícula de suor, nem um reparo num menino que quer voltar a uma estrada, percorrer a vinha de sangue, contar as capelinhas, entrar na aldeia ao dobre dos sinos

(como arde o paul)

encher o poço de pedras, calhaus até cima, mais terra, mais pó, e os campos regados pela água do mar, sequiosos e bossas de camelo, agulhas nas gorjas das galinhas, a panela a derreter à temperatura do bronze, os avós numa sepultura e nem flores e nem campa, que ardam todos, a serra a desmoronar, a sobrepor-se sobre os castanheiros, podres, a doença da tinta, quantas puderem ser, a gente tem muita fé e a fé cheia destas pragas que podiam incendiar aquela aldeia, aquela festa de casamento, aquela estrada, apenas um menino, e não outro mais bem nascido

porém, aqui, neste cheiro, nesta cidade, nesta dor que é uma figura talhada em bronze que honra os meninos esquecidos, porém apenas um menino imbecil que conversa até adormecer, desabrigado, à sombra dos homens de bronze

que o leve a bruma

entretanto, a levantar.

27

Estou sozinho. Sinto-me agoniado. A língua acre. Sem poder mexer-me, e tonturas constantes.

A casa mais podada, o conforto da terra úmida é o prazer duma cova profunda. Sinto que posso quase deitar-me, muito em breve certamente.

Há flores que teimam em despontar, besouros, moscas, carreiros de formigas, outras pragas caseiras, às vezes camelos, e num frasco

bebo e sorvo

uma substância química, um inseticida

outra aspirina

a fumigar o espaço desta casa, e a minha Silvina junto à janela, agora mais aberta para não respirar o ar contaminado deste campo santo que planto, não é que respire é porque hoje o sol mais aberto também, uma hora a mais de luz, não sei o que deu no movimento da Terra que nem pombos nem rolas, ninguém marcha, nem os ônibus ou as sereias

talvez seja domingo (outra vez)

e que diferença isso faz se não depois sempre domingo, o dia dos cemitérios

é sempre domingo nos cemitérios

o cardal na nossa terra, uma banca de flores junto ao adro, e não apenas os malfadados crisântemos, doces misturas, jarras de orquídeas, cestos de rosas, também balões

os lírios a fazerem-me espirrar, gargalhadas

gosto de margaridas

e depois um eco a levantar-se dum poço

— Mãe?

— Pai?

e novamente

— Mãe?

e a gargalhada por um atalho que conhecíamos bem, junto aos muros do cemitério, a colhermos os lilases da primavera depois das neves, a escorregar ainda na terra molhada a derreter

também os círios ao domingo

(mesmo nos dias de vento)

a escorregar como no linóleo que no chão da nossa cozinha sem podermos um mármore mais bonito porque o dinheiro do seguro, o malvado dinheiro do seguro e o burro pendurado nos galhos duma videira a caminho da nossa terra, a caminho de Magos, onde o primeiro beijo foi no pescoço, a mão trêmula, o beijo no pescoço

e os besouros, as moscas, as formigas, tudo bichos horríveis

só um beijo no pescoço e o frango a gritar na panela

— Não chegues atrasado

— O que é o almoço?

— A minha mãe matou um frango

— Só preciso de ir buscar uns sapatos

— Não tens sapatos?
— Tenho os que tenho, quero calçar outros
— Maiores?
— Sim
— Casas comigo?
— Sim
— Não chegues atrasado
— Só preciso duns sapatos
— O meu pai gosta de ti

as pétalas lilases e a conter outro espirro que nenhum homem a pedir a mão às fungadelas, porém agora todo eu roufenho sem que ache os lenços, os pólens nos meus olhos e ainda hoje alergia às videiras, a não suportar a primavera e o outono, a odiar bichos, cada vez mais, todavia a terra mais fecunda, a cova mais pronta, os muros do cemitério e um beijo

— Até logo, António
— Até logo, meu amor

é também este o tempo, entre um travessão e outro, o tempo que me demora, o tempo que me demora a chegar perto da minha mulher

—

—

assim, não mais do que este, porque ela

—

e depois eu

—

não fossem os ecos

— Mãe
— Pai
— Mãe

não fossem os ecos que mastigam o meu cérbero a definhar doloroso, por favor, não mais ecos, talvez somente o estalejar do silvado que arde na nossa aldeia que já não o mando limpar

as neves e as vistas para a serra em Magos

talvez consiga ocultar esta casa da guarda, escondê-la do nariz dos cães, no meio da sarça

os cães carraças, arranhados no meio do matagal, uma máquina que limpasse tudo isto e os cães a caçarem

senão o silvado, então o fogo

(como estala)

e o desgraçado do meu filho, este não, o outro, aquele idiota, a atirar calhaus para dentro do poço, a demorarem mais do que travessões antes de caírem na água adormecida onde apodrece o morgado, a fazerem ricochete nas paredes do poço, balas num pontão e mil meninos em estátuas de bronze, e como é pesado o bronze, como não derrete, como nem o fogo, nem as silvas, nem as neves, só os besouros, as moscas, as formigas, a picotarem a terra desta campa, mais buraquinhos

nunca vi tantos buracos e nem a ponta do cano duma espingarda onde me consiga enfiar, aí ficar, engolir a pólvora, deleitar-me com um estrondo no meu crânio, mais despedaçado e então menos do que travessões, menos do que ecos, menos do que tiros de canhão, só o cheiro do nitrato de potássio, do carvão, do enxofre

doces misturas, jarras de orquídeas, cestos de rosas, também balões

(gosto de margaridas mas não sei nada sobre lírios)

a faísca é menos do que travessões, o cheiro da pólvora são as minhas alergias e olhos a fungarem, as narinas a pingarem, mas nem isso como é grande a abertura dum poço que ecoa na nossa aldeia, segue uma estrada, um troço

não sei

até esta cidade, esta casa

cada vez mais certo de que nunca deveríamos ter comprado esta casa

porque lá ficamos naquela estrada, naquela parreira que hoje um paul, um silvado que não arde, um fogo que não ateia, e valha-nos este filho que não nos sabe aqui, ao menos que ninguém nos saiba aqui porque sinto a cova quase cheia, os bichos quase mortos, as flores secas, o húmus pronto, o meu corpo a amolecer, a repetirem-se os meus estonteamentos, as minhas vertigens.

Passam agora vários dias em que já nem me levanto do chão. Estou apenas sozinho, a aguardar o espaço dos travessões, a ver quanto mais tempo dura porque os relógios são agora um monte de silêncio, toros feitos de ponteiros que se incendeiam por toda a aldeia

o testo a saltar da panela onde o pinto esperneia depenado, ensanguentado

um beijo no pescoço é como uma navalha a decepar

e nem a festa do casamento, nem a alcova do menino no banco traseiro do automóvel para conhecer os avós, nem um fragmento da saudade, lonjuras

nem

porque se a cabeça me permitir, porque se não o cano da espingarda, se não os bichos, se não a janela, se não mais esta hora de luz, recordo o lençol branco, estendido sobre a videira, a cepa, o peitinho uma bola de algodão

devo ter algures um pouco de água oxigenada, mercúrio, um absorvente rápido para o seu peitinho, mas não agarram as abas, não colam, e por isso também ele numa cova, talvez a olhar-nos junto aos lilases, também a escorregar quando as neves derretem, a patinar com o automóvel, cuidado, António, também gargalhadas, atalhos, sem repetir os ecos, através do vidro fosco dum jazigo

nós os três, em breve, a sermos domingo, e o que repete pai e mãe e mãe nos travessões um inepto que nunca quis que fosse meu filho, nunca lhe perdoei que fosse isso, que tivesse de lhe chamar isso, que o tivesse nesta casa, porque o quis antes a ele naquela estrada, que o peitinho fosse o dele, que lá este que não o outro

a ruir na casa que tem vista para as neves e para a serra, a inflamar-se num silvado que arde como paul

nunca quis, e não tive outra sorte que não olhar para ele, todas as manhãs, todos os aniversários do dia mortal naquela estrada, do dia profético do morgado no fundo do poço

não sei em que dia faz anos e ainda recordo algumas datas

na minha colher da sopa, no meu pincel da barba, nos ornatos da minha gravata, na minha gaveta da mesinha da entrada, nos meus olhos, na minha face defronte da dele, no meio dos lençóis onde o corpo da minha mulher quando menos corpo

nunca quis

e uma vez numa irritação uma bofetada que o levasse para longe, e no dia a seguir a colher, o pincel, os ornatos, a gaveta, os meus olhos, mas agora não caberá na mortalha que eu e a minha mulher, os dois junto da alcova, na nossa aldeia, como sorriem os avós e como as neves mais brancas, a vista para a serra mais larga, como os lilases resplandecem

será domingo

e será um domingo da cor do lilás (porque se margaridas, não lírios).

28

A MULA ESTACOU DIANTE DAS FERRAGENS PESADAS da porta velha do cemitério onde os ciprestes e os assobios do vento seguiam por uma vereda de campas trajadas de anjinhos de pedra, fotografias ovais, círios derretidos, epitáfios e outros gostos que se concedem aos mortos

como já não suporto os crisântemos, ao que cheiram, o que me sabem na boca, a língua áspera numa lápide que é um véu branco

a gadanha abochornada sob as nuvens quedadas no céu de corvos negros a observarem uma torneirinha a encher um balde de lágrimas, Salve-Rainhas, e os loendros ao fundo, um pouco de mim, a minha mulher, a minha Silvina, um frio a rasgar a espinha, e o mundo inteiro a passo sobre o estrado duma carroça que já não anda, duas rodas empenadas, estúpido do animal, os automóveis em segunda fila e a guarda a multar, mais bilhetinhos e notificações

(abrimos às oito, fechamos às cinco, também na primeira segunda-feira do mês) dois cadeados a enferrujarem, os elos de ferro uma aliança consternada, ambos aqui, a unha a esgravatar na terra, o casco da mula enfastiada, o lobo pela encosta, lobos, não mastins, onde arranjarei um coveiro que me valha

valha-nos Deus Nosso Senhor que a gente tem muita fé

como já não suporto os améns, a pia batismal desfeita no galho duma videira

uma sepultura bonitinha, saiba cuidar do húmus que preparei, talvez um jardineiro, não um coveiro, porque os loendros, os ciprestes, também os castanheiros, os crisântemos, eu entendido na botânica, um livro sobre árvores e pássaros caído com a pilha dos jornais já sem data, quiçá acumule as funções de sepultamento e cultivo, saiba desenhar ornamentos com a terra caída, horticultura e pás a cavarem

ouçam como bate a terra sobre a tampa fria do caixão, um galho a quebrar

os lilases a vicejarem, eu a saber-me junto aos lilases, também a minha mulher, a fumigarem os campos de cultivo, os besouros, as moscas, as formigas, se ao menos mariposas de veludo

odeio também todo o tipo de insetos, disciplinas como a botânica e a ornitologia, e como é difícil dizer *ornitologia*

covas a céu aberto, a espinha gélida e o bafo quente dos cemitérios que até os lobos à sombra (lobos, sim), até os corvos, como é fértil a terra neste cardal, também um relojoeiro, um aprendiz de serralheiro, quem conserta os ferrolhos, os cadeados, as voltas do tempo penduradas na parede da cozinha junto ao gás

uma carteirinha de fósforos na gaveta da mesinha da entrada quando uma vez

o silvado arde todos os anos

alguém que escorrace os lobos, parecidos aos cães, o pelo mais molesto e alguém que apanhe os cacos, o espelho, o mostrador, os ponteiros, a minha cara, as minhas feições na penumbra como de carvão, porém de novo cadente, de novo certeiro, o jornal acabado de chegar, esborratei a tinta ainda fresca

(segunda-feira, já depois das cinco da tarde)

a aldeia em festa, o véu branco pelo chão da capela de Magos não é longe daqui, já não enterram os mortos mas não longe daqui, os convivas transpirados, fatos de domingo, gravatas desalinhadas, bolsas de pano como envelopes e dão o que podem, comem e bebem quanto podem

quem paga a corcha dos sobreiros arrancada que alguns ainda chaparros, alguns ainda bezerros, alguns ainda meninos pequeninos

embriagados porque os ponteiros mexiam, o meio vestal, o outro tempo, outro relógio, outro dobre de sino e felicidades, o ensaio, o protocolo que não dura, éramos gente simples, e que serão os outros se não gente, e agora já ninguém para velar o corpo, para coser a ponta do véu desalinhada, bastava um pontinho

já passa das (cinco da tarde), uivos piores que latidos

as mãos pegajosas da resina a escorregarem nas chaves do cadeado, os dedos fugidios não seguram a pá, como me transpiram as mãos, como estou nervoso, os olhos da minha mulher, o carpete da igreja, o tamanho duma capela e o cemitério mais duma centena de ciprestes e só uma torneirinha a pingar, os anjos de verdade nas balaustradas, o hálito do senhor padre nas minhas costas

— Vire-se para o altar

o hálito de Deus na minha cara, cheira-me outra vez ao diabo dos crisântemos, martela-me os ouvidos

— Vem lá a noiva

martelam-me os ouvidos as sachadas a revolverem a terra, as pás, os ferrolhos, e ouçam de novo

tenho os olhos num anjinho de pedra que deambula por aqui, um pano encharcado a limpar um retrato oval, a afastar ainda galhos partidos, passas de uvas encarnadas que agora só o solferino do senhor padre

— Ainda vou hoje para visitar os enfermos, ande lá com isto

e sem saber se fala para o Cristo na desídia da cruz, se para o langor do véu da minha noiva que são todas assim, se a demorar-se em mais um copo na boda, e afinal de contas eu enfermo, sem gostar da palavra, a saber-me ao remédio para as formigas, viscosa a descer pela minha goela, cambaleante, deitado no chão desta sala, excrescências que me brotam do peito roufenho a respirar

— Ela vem lá

como os lobos afogueados, dois cães que correm atrás de mim

já não sei se lobos, se cães (se ao menos mariposas de veludo)

um jogo de cadeiras à volta duma mesa para saber quem é a próxima a casar, gentes que carregam à vez baldes de água para o silvado que arde porque apenas uma torneirinha colada com fita adesiva a pingar porque o poço e um morto lá dentro que é coisa do demônio que grassa por esta casa

um morgado num poço, ora que presságio este, senhores

nos ponteiros do relógio que no meu pulso a contar a história da nossa vida, são vinte e cinco anos de casados, e a minha mulher, a minha Silvina um corpo defunto, o meu primogênito num conta-quilômetros dum despiste, uma máquina de tirar senhas que existe por baixo de nós

(o horário afixado nos portões do cemitério, também na clínica do terceiro frente) como são engraçadas todas as coisas que servem para contar, e já ninguém a contar meninos que todos no fundo do mar, cobertos de plantas e vegetação marinha como estão todos os mortos aqui neste sudário ensanguentado que cobre o chão da nossa casa, onde encaixarei o corpo da minha mulher, tirá-lo do balanço, dobrar-lhe a mantinha, desligar o pequeno aquecedor

(a ventoinha algures)

dois beijos nas faces comidas e nem covinhas e nem expressão que apenas os ossos, o alimento dos cães, dos lobos, dos mastins, o crânio, o esqueleto, a frialdade da espinha que suporta ainda as paredes desta casa, as tábuas do soalho, os caixilhos das janelas

e eu contumaz, perseguido pelos cães que aqui na forma de lobos, mais aguerridos, misteriosos, a conhecerem-me melhor, a tomar a forma dum filho que nunca quis e por isso uma mula, uma carroça, dois meninos deitados para fazerem de anjinhos que aqui só os há de pedra, todos caídos das balaustradas, o senhor padre que me perdoe a fé mas dois macaquinhos podem fazer a vez de anjinhos, tê-los polidos, a segurarem nos círios, para as asas acho dois corvos no céu, e tudo isto assente no chão da nossa casa que agora pronta para receber já o corpo da minha mulher

— Silvina, meu amor

(passa das cinco da tarde e eu à porta do cemitério) montado numa mula, a ser o filho que nunca quis, o ferrolho trancado na sua ferrugem que também a porta da nossa casa para que não nos ouçam, e somente o rondar dos lobos, as lanternas curiosas a ficarem sem pilha, e eu rodeado dos círios que ardem sobre as campas, tenho toda a luz das labaredas do nosso silvado, do candeeiro que ilumina a minha sombra, sou agora o meu filho que enterra a mãe, a saber quem mora aqui, a chorá-la, sem dores, com a força para pegar nos anjinhos, tirá-los da carroça, partir os cadeados, plantá-los junto da pedra que cobre a sepultura da minha mãe, da minha mulher

já não sei se sou marido, se sou filho

pegar nas pás, ser eu coveiro, ser eu o som da terra sobre a tampa do caixão, ser eu os lilases, as asas dos corvos, os eflúvios dos ciprestes, o roçagar dos loendros, a casca dos sobreiros, os ouriços dos castanheiros, uma agulha que borda o véu branco, a mortalha, eu na vez do meu filho que agora enterra a mãe, eu que agora preparo as exéquias da minha mulher, Silvina, mãe, onde estás, Pai, e todavia a fugirem-me as letras, os números, nem sei se falo, as palavras do meu discurso a agradecer a presença de todos e mais um brinde jaz nos sapatos do meu tio, do meu cunhado, das minhas cantigas ciganas, no molho arrefecido da carne, no mosto no fundo dos copos, nas insígnias episcopais do senhor padre

— Perdão, Senhor

— O que fizeste?

— O que fui eu fazer

e renasço, renovo-me montado numa carroça por uma estrada que conheço, a que voltei, uma última vez, porque já nem meninos, losangos, porque já nem ninguém, porque eu apenas a cobrir-me dos ponteiros do relógio, o meu viático, o que me resta

a cavar, a cova mais funda, a sala preparada, saber quem vela o corpo balançado sobre a tumba, prestes a cair, quem fala a língua dos mortos, murmúrios debaixo da língua, carqueja que ateia o fogo a este corpo decepado e defunto, ainda cicatrizes, o giz do alfaiate a cortar a roupa que hei de vestir-lhe, alfaiates de talhões são como eu coveiros, a roupa, as medidas, cabe certo ou não cabe, tudo ardido e melhor seria porque então apenas as cinzas nas voltas das asas dos corvos, a borralha no fundo da lareira duma casa donde se avista a serra e as neves, poeira fininha debaixo do soalho, a severidade que pede o lugar defunto, abundantes as coroas a agraciarem os bichos que nos comem o que nos falta, invariavelmente desorientados a tentarem acompanhar uma dança que é uma coreia debaixo do soalho

estão lá os nossos mortos

impérvios caminhos que seguem por uma estrada profanada, um refúgio de pedras a depauperar-se no tempo até que já mais ninguém, até que ninguém, sem a majestade, a suntuosidade, os anjinhos, ou os círios, apenas os nossos mortos, asfixiados, sonolentos do ópio das voltas do relógio, opressos, indigestos, gemidos abafados

e depois as vagas que trinam no pontão, já não há meninos, já não há homens

(se ao menos).

29

A VER-ME, ONDE LÁ ESTOU, a neve fofa, a felpa que voga nos arrancos do vento debaixo dum silêncio medonho, e o passado sob o teto onde paira uma luz amorfa e débil, todavia persiste, a alumiar um par de moscas que insistentes teimam contra o vidro da janela entreaberta, zumbidos duma abelha, torvelinhos lascivos, enquanto eu em cuidados básicos de saimentos porque a casa lutada, porque a minha mulher um aperto no pescoço, as palmas contra a boca para que se cale, para que não tussa, para que não convulsa, a goelinha, a olhar os cigarros parados no cinzeiro, escolher algum que possa voltar a acender, toros desfeitos na lapeira do forno da cozinha onde temos a serra, o cheiro do clorofórmio, os químicos mais voláteis a divagarem entre as quatro paredes em que me acho, as drogas fora do prazo da validade, não consigo ler a data, nem apalpo o cartonado das caixas que me fogem os dedos, espreitando as moscas, as neves que escorrem, militares tontos numa queda abrupta, catrinetas, um baque a ecoar na cidade, dois badalos de dois sinos que dois párias a acossarem-me a espinha, a fazerem-me nervoso, transpiro, desassossegado, embrulhado na mortalha de plástico dum jornal que fala do desaparecimento duma mulher, a minha mulher que desapareceu, é senão a vista duma janela que cai sobre a cidade, na fogueira de toros que são bustos de cerâmica a desfazerem--se, eu lá, como o papel de parede rasgado, cardos cortados pelo vinco, pela dobra da esquina da parede, a soarem-me os prantos das gentes nervosas que ao lerem uma caixinha de texto enervam os cães, jornais sob lonas de plástico, os mastins menos espreguiçados, mais alertas, debaixo do papel de parede, debaixo da pele, debaixo dos olhos, parece que matilhas lá fora numa algazarra, alcateias talvez, bestas tontas, afinal o agitar dos ciprestes, afinal os lilases a medrarem junto aos muros do cemitério onde eu e a minha mulher faz tempo, uma torneirinha de água que pinga para lavar as campas, as lousas mais brilhantes, uma carroça atolada diante dos pórticos ferrugentos, a mula, e novamente a lareira, novamente a tapar-lhe o vômito, as palmas na boca da minha mulher, curvas na estrada, calar de gritos, pistolas e medalhas em cenas de caça, jogos de dominó, poemas em arcos, dédalos, idílios, como se atolam todos no pontão que já nem meninos nem homens, encavalitados no porto, quantas são as noites no fundo do mar, tomar um navio, uma catrineta despenhada, a serra, no cimo dos ciprestes, há melros, a minha poltrona, um livro também sem saber ler, a dobrar-lhe as páginas, adivinho onde diz capítulo, onde dizem as letras, onde está o cheiro, o M e o N, caído por uma ribanceira, seguro num galho que é toda uma vinha, depois de galgar o separador, apertar-lhe o pescoço para que respire, não perca o ar, também ela num peitinho indefeso que pneumônica, asma, falta de ar outra vez, mas os olhos vívidos, vítreos, e ainda o fumo do automóvel, um espelho partido no chão, o meu olhar enrugado, à espera do quando e do nunca, preso por sons de bebês em buraquinhos, outro lá em baixo, outro que não nasce, ventres esmagados, pernas abertas, barrigas cortadas, buraquinhos, o meu cabelo um tufo flácido caído entre o papel de parede caído, eu caído, como se num vale, como se na nossa terra, porém aqui, a irritarem-me as moscas, os cães a pisarem o capacho, mastins a caçarem o homem que só pretende a mulher de volta, terminar este enterro, novamente o solfejar duma gargalhada feminina que está por trás daquela caraça que é o crânio velho, as ossadas enterradas onde o meu filho sou eu, onde o meu filho sou eu também num navio, um enorme navio a que chamam catrineta e que parte, e talvez não parta, talvez fique a mastigar na palha do largo, porque já nem homens, já nem meninos, já nem gentes na cidade, só eu, só uma forma muito deformada da minha mulher naquela carinha oval que adormece à soleira dum ataúde, lá em Magos onde nascemos, onde nos enamoramos, onde o meu filho a sachar uma cova, sou eu a fazer sulcos, depois a tampa do caixão, eu a pregar as tábuas do soalho, a esconder o corpo, as sanefas quentes, os cortinados corridos, um cheiro que não quero, odeio a pestilência, uma vassoura com que varro, pétalas pardas, escondo-lhe os detritos da alma, todavia sem achar os pedaços da aliança, os bocadinhos dos dedos, as unhas a esgravatarem, se me encontram, se me deixassem em paz, também eu a caminho do mar, um comandante, talvez não enjoe, e contudo a minha mulher a vomitar, a querer expulsar o veneno, a pedir-lhe que mantenha a peçonha na boca, já falta pouco, aguenta, um lápis espetado no pescoço para que respire, é o galo da panela às voltas feito perdido, bate com a cabeça, cai no chão, varro mais um pouco, tudo atafulhado num buraquinho dum ralo, a água a correr, a levar as entranhas, as bichezas, as impurezas, os seus olhos ímpios a navegarem no cano do esgoto, desentupidores porque também os detritos da casa lá debaixo, já não ouço chorar, foi por isso que compramos esta casa, para que não ouvisse chorar, e o meu filho a chorar porque um comboio de linha, porque um pião a girar, porque uma peça do jogo de dado, porque a chorar, porque um maricas, porque um idiota, porque não ele antes enfaixado no galho duma videira, demasiado calor, demasiada gente, a guarda, as ambulâncias, o fumo embrenhado no cinzeiro e os espelhos partidos janelas dum automóvel, ao passo que a minha mulher a acordar do desmaio do embate, uma berraria, o filho espapaçado, o menino sem se mexer enquanto tudo se movia em redor numa velocidade louca, gente para trás e para diante, eu a recuar para outra ribanceira, ela a gritar, para que caia no rio, a bordejar nas vagas do mar alto, para que não volte, ela a gritar, meu Deus que sufoco, já nem posso lá voltar, quem leva de novo o automóvel para a cidade porque incredulamente ainda as rodas firmes, ainda voltamos naquele mesmíssimo automóvel, fazer a mesmíssima viagem, seguir pela mesmíssima estrada, irmos apenas os dois, idêntico o cheiro, mais vermelho, outro sangue, as janelas partidas, os estofos manchados, o silêncio brutal, ainda galhos presos na porta, ainda o mesmíssimo automóvel, ainda a carroça especada na porta do cemitério fechado, e já os teus pais, já as minhas cantigas ciganas, a telefonarem para algures que já devíamos ter chegado, e nunca chegamos, nunca chegamos, nunca voltamos, e por isso o silvado a arder inquieto, o telefone um grito, a minha mulher que não fala, eu que não respondo, eu que não sei onde há o tamanho dum caixão assim, pequeno, nesta forma tão pequena, e o outro a pedir mama, a chorar, para de chorar que te enfio na casa de baixo, esmagam-te a cabeça, mandam-te a salto pela fronteira, vais com os ciganos, com o homem do saco, com os monstros debaixo da cama, aqui não ficas, não te quero a ti, meu desgraçado, não te posso amar, não posso querer mais, não posso querer ninguém senão o primeiro que me ficou na estrada, senão a minha mulher, senão a minha mulher porque lhe falta o ar, porque está em folgos fracamente sucessivos, porque está a amainar, perde o sorriso, perde os dentes, perde o cabelo, perde o refulgir do peito, também ela um peito que já não estua, e todavia a efervescência da dor a contaminar-se por drogas sonolentas, parasitas que lhe adormecem os sentidos, e o outro menino chora, não o consigo parar, não sei como o parar, e olho a janela aberta, e agora as tábuas do soalho que o queria lá, os nossos mortos, como são os nossos mortos a murmurarem no chão da nossa casa, e por isso os mastins, os lobos, os cães na forma de mastins, lobos, se ao menos mariposas de veludo, por isso a populaça, por isso todos me querem, por isso eu aqui fechado, em silêncio, que não nos ouçam, dizem que é crime, e eu só quero que volte a respirar, reanimá-la, bato com as mãos no peito do meu filho, bato-lhe com força para que também acorde porque ao meu redor os sonâmbulos, porque ao meu redor está a sala vazia, está a lareira a apagar-se e as neves da serra tisnadas, envoltas numa sombra, uma sombra que invade os meus olhos enevoados, prefiro ficar no chão, quanto tempo falta para adormecer, quanto tempo falta agora que a minha mulher já não é um corpo defunto, já é só um corpo enterrado, escondido, já não oscila o balanço, já nem a ginástica da manhã, a sopa que mastigo por ela, os nossos recortes dos bilhetes duma viagem ao estrangeiro que estivemos quase uma vez, e no entanto apenas o retumbar do apito do navio que não parte daquele porto, que não leva mais ninguém a catrineta, e que me levasse a mim para que no esquife além-mar eu mais rápido junto da minha mulher e do nosso menino, estou apenas na penumbra a apodrecer, a respiração embargada, o tempo mais negro, chove de novo, a estrada escorregadia, tomara-me a flor da panaceia, tampouco aspirinas, mezinhas e outras porcarias, mais longe, ábdito, com este inchaço pungente, uma tumefação, os lábios secos, a torneira que pinga, e por isso o meu semblante vai escorregando, lacônico, emudecido, afundado, numa teia turva em que luto para apanhar as moscas, nem fieiras, nem outras formas de segregar afora um fio de sangue me escorre do nariz nervoso, assustado, pústulas, excrescências, os veios menos despertos, dormentes, torpes, e nos ouvidos ecos distantes que habitam um ermo a que não volto, a que não voltamos, onde não posso, talvez seja o medo da voz dum morgado que caiu a um poço, a ver-me desta cor ictérica e ignóbil que murcha nos lilases, nos loendros, no alto dos ciprestes, não tipuanas freixos acácias, ao passo que os pés picados dos ouriços dos castanheiros, na esperança duma vaga que se abata sobre mim, e já tão perto do pontão, a passos lentos entre as madeiras carcomidas, a ver quanto avista o mar, quanto podem as ondas ao alto do quarto andar dum prédio cinzento que se verga sobre esta cidade inóspita onde nos prometeram uma vida melhor, coisas modernas, estar a horas para jantar, e apenas recordo as nossas tardes nos passeios de domingo a pastelar no molhe, a tua xícara de café, o troco em cima da mesa, o mesmo empregado de sempre, a mesma garrafa de refrigerante de sempre, nada mudou, eu ainda a horas para jantar, nada mudou senão o teu corpo debaixo das tábuas do soalho da nossa casa onde te enterrei porque na tua tosse convulsa quis que parasses, eu cheio de receios que te apagasses em mais um dos teus ataques de asma, pânico, confesso que eu um medo que já não gostasses de mim porque é isso que fazem os mortos, deixam de gostar de nós, a sorrirem para nós na frialdade do caixão, sem nos reconhecerem, quase aborrecidos, e nem um adeus, nem um beijo, nem uma xícara de café, nem duas palavras sobre a torneira a pingar, o balde, e por isso as minhas palmas na tua boca, depois o lápis no pescoço para que respirasses, como eu todo folgos, a bater-te no peito, a bater no peito do nosso primeiro filho, a chamar-te, a chamá-lo, a irem, e depois só recordo que tu mais pequena, o nosso filho mais pequeno, eu do tamanho duma mosca tonta presa no tecido da aranha que me engole, depositada sobre as ripas do teto que vai enegrecendo, soltando-se aos bocadinhos, cheira-me à parra espalhada pelos estofos e trago os dedos macerados de carvão e galhos de videiras, a escolher as farpas que tiro, e os últimos parafusos do caixão porque afora o cheiro ninguém vos encontra, ninguém encontra os meus mortos que os tenho junto a mim, onde me deito, neste chão que aqueço com as minhas últimas golfadas de ar porque também eu estou quase, porque eu também em breve, porque já ouço as ondas, já ouço as vagas, já ouço os meus mortos

encapelados.

30

Agora a cor dos retratos parece-me cinzenta, frígida, transparente, a cor dos retratos não me parece os olhos da minha mulher, e ainda assim apalpo-os, retiro-os da moldura, procuro conhecer as caras, como um cego, as feições mais firmes, os traços mais distintos, mais coléricos, mais alegres, mais enfastiados

nem todos os retratos são iguais

e na cor dos retratos há os passeios ao domingo pela marginal, a fila dos gelados que dobra até à esquina da esplanada e nem uma mesinha livre, nem o empregado, dois turistas a ocuparem quatro cadeiras

gostavas de baunilha, nunca conheci ninguém que gostasse de baunilha

também as idas à praça, os sacos carregados, o cheiro do peixe grelhado pela casa, o exaustor um aparelhinho caro

um cheirinho a transpiração, uma coisa muito suave, mas um cheirinho e a lavares-te no bidé porque ainda os pelos da minha barba no lavatório, porque ainda a minha expressão no espelho da casa de banho, o ralo entupido, as minhas gelhas, os meus olhos vesgos, dois ciscos caligantes, enormes, enormíssimos

e as batatas ao lume, o menino a fazer bolinhas de perca no canto da boca, a encharcar aquela papa em água

— Não bebes mais sumo

e o menino que bebesse o sumo todo, que se afogasse nos corantes e nos conservantes que anunciavam no televisor que eram reduzidos à metade, a imaginá-lo numa caneta de insulina, a pisar-se todo com picadas, pendurado no galho duma árvore qualquer

videiras são plantas

diabetes e outras doenças, uma porcaria qualquer que lhe chegasse, até um cancro, quantas vezes sonhei vê-lo pendurado num galho, à espera de vir de lá o médico que lhe achasse um cancro, uma bodega qualquer, porque a mesa posta com quatro pratos, quatro conjuntos de talheres, quatro copos, quatro guardanapos

e nós os três, um copo de sumo refrigerante

enquanto a parteira um armário cheio de louça, as gavetas cheias de guardanapos, talheres, os copos cheios da parra da uva, e por isso compramos esta casa e o desgraçado, aquele cretino, a fintar-me com um sorriso sarcástico com as bolinhas do peixe no canto da boca, a partir-lhe os molares, a tirar o cinto das calças, a lembrar-me das videiras e dos nossos louceiros cheios de vento, a lembrar-me de o enfiar numa catrineta, mas a minha mulher a pedir-me que não, uma nota para o rapaz do quartel a quem ajudei com as despesas dos impostos, e por ironia acabou a servir bebidas açucaradas aos turistas, a navegar nas Caraíbas, a minha mulher a pedir-me que o não deixasse sair do porto e ele a lavar conveses, longe da taifa, longe dos outros meninos guerreiros

— Um maricas

sou eu entredentes, sou eu à espera que ele se vá, de volta do teu pijama espojado pelo chão do quarto, à procura do cheiro dos teus sovacos, do cheiro a peixe grelhado, do teu cabelo que uma pontinha de gelado de baunilha

— Vens deitar-te?

— O menino ligou

sou eu a pensar que telefonou para o serviço à minha procura, que telefonou cá para casa, que cortei os fios do telefone, não pago à companhia, e o intercomunicador agora avariado, ele engasgado numa bolinha de peixe no canto da boca, ele engasgado na insulina, ele engasgado num cancro

e depois a baunilha, uma pontinha branca que se deitava na almofada, o pijama de flanela, as meias quentes nos meus pés frios, a torneira a pingar, a tua respiração débil como o solfejar das rolas, até os pombos me parecem mais calados, porque tu ao meu lado, deitada na cama, iluminada apenas por uma pontinha branca de gelado de baunilha, por uma velinha a pilhas a iluminar o santinho na cômoda do vestíbulo, mas a sentir-te mais perto da cor dos retratos, mais cinzenta, mais naquelas expressões que não envelhecem, quase a ver-te nas cadeirinhas da esplanada numa teima com os turistas, o sol quando nasce é para todos e tu a roubares-lhes o chapéu-de-sol, a pespegares-te mesmo na mesinha deles, o empregado, deixa, vamos até à marginal, o ar fresco da marginal, passamos a comprar qualquer coisa na praça para o almoço, gosto de peixe grelhado, o saco das compras, a subires quatro andares, um fastio, a estuares por todos os buraquinhos da tua pele, essa asma, esse cancro, essa diabetes, essas doenças todas, e nunca fizeste bolinhas de peixe no canto da boca, nunca te engasgaste, e agora vejo-te a entrares para dentro da moldura, para dentro da casinha do cuco do relógio, a enfiares-te nas nossas gavetas, o gelado a derreter, o cheirinho a transpiração a esvair-se, já não escorre a água no bidé, o peixe congelado não tem cheiro, para começar a ouvir o balanço, a cadeirinha de balanço onde te agitas, onde cuidas da tua asma, da tua diabetes, do teu cancro, cheia de porcarias e maleitas, eu sem saber farmacologia, toxicologia, e já tu a caíres com as chuvas no beiral

algures começa sempre a chover

a casa a despenhar-se, as jarras, as cortinas, os móveis, os sofás, os quadros comprados nos trezentos, pechisbeques vários, uma tacinha azul que tem umas patas de rã é uma irritação, a velares tristezas, à escuta do telefone desligado, menos ar, a alma mais absorvida, sem respirares, e eu, o que posso eu fazer, o que hei de eu fazer para que não mais retratos, para que respires, para que não me deixes, o que posso eu fazer, meu Deus o que fui eu fazer, sinto-te afogueada, sinto-te a ires, já nem falas no menino, nunca mais quiseste saber do outro, eu nunca quis saber deste, todavia a querermos saber um do outro, a cuidarmo-nos, ainda os dois na cama de mãos dadas a adormecer, ainda os dois junto à marginal, ainda os dois quando já as vagas gigantes, quando ambos afogados, quando ambos debaixo delas em remoinhos intermináveis, infinitos, a desaguarmos neste apartamento que o acho tão feio, que o acho tão nosso, ainda assim nosso, talvez nos tirem uma fotografia e nos ponham num retrato, olhamos o passarinho e lá os dois em simultâneo, mas por agora só o teu definhar, sentir que está quase, se esperares mais um pouco ponho o automóvel a trabalhar, voltamos a fazer aquela estrada, talvez o silvado não tenha ardido, talvez ainda lá estejam as vistas para a serra, talvez ainda o galo não tenha sido refogado na panela, talvez ainda o teu pai, a tua mãe, o teu irmão, a cantiga cigana, o casamento, a festa, o dia, talvez não tenha caído nenhum morgado ao poço, a verdade é que já não ouço nada, já não ouço presságios, os bezerros sadios saltam no campo, ruminam debaixo dos castanheiros, mas também não vejo, caio tantas vezes, ciscos caligantes, a verdade é que talvez o automóvel já não pegue, e mudaram o sentido do trânsito, a estrada está interrompida pela procissão, o domingo de ramos, mudaram tanta coisa, partiram as selhas do parque, há barbantes pendurados pela cidade, talvez já nem saiba conduzir

(talvez diga muitas vezes talvez)

e fiquemos aqui a ver-te num ataque de asma maior, as metástases a alastrarem, mais picas da insulina, já nem o peixinho, como está doente a minha mulher, a minha amada Silvina, por favor, não vás agora, por favor, eu paro de dizer talvez, eu paro de dizer por favor, e vamos, talvez até abrace de novo o teu menino e tu abraces de novo o meu

(talvez)

mas, por favor, abraça-me, por favor, respira, por favor

(pronto, já parei)

só te queria mais uns minutinhos, como são matreiros os ponteiros do relógio a deslizarem, na sua calma placidez que nem ouvimos, nem escutamos, e todavia a rodarem, todavia a meterem-te debaixo da terra, que ignomínia o tempo, olha como nos cospe na cara, olha como surge no espelho, como nos leva para dentro dum buraco, nascemos dum buraco e morremos num buraco, a fazerem-me mais parecido ao meu filho, qual deles, já não sei quem cava no cemitério, quem corre atrás dos lilases, quem nas asas dos pombos e das rolas, nos ganidos dos cães de agarre, nos uivos dos lobos, mastins, no agitar dos ciprestes, debaixo dos loendros, a empurrar a carroça, a empurrar o fiacre, a abrir os portões do cardal, besouros, formigas, moscas, senão é ele eu serei, já não sei, ó meu Deus, ó meu Deus, o que fui eu fazer, por que este estrépito na minha cabeça, o ecoar do som do poço como se eu lá, os ponteiros do relógio explosões, tambores, trovejos, clarinadas, faíscas, brilham-me os olhos, o redor enevoado, brancos da cor da baunilha, da cor das almas, da cor dos retratos, porque também eu lá, porque mais nos retratos, mais numa parede que fica, numa cal que padece, numa tábua solta do soalho que se levanta, e quem voltará àquela esplanada, os turistas, o empregado, a fazer as compras na praça, carregar os sacos, o peixe grelhado ao domingo, os sovaquinhos deliciosos, a marginal repleta de gentes, camisas brancas, calças brancas, chapéus brancos, ou não serei eu antes a ver névoa

enormes, enormíssimos

um rasgo nodoso que se atravessa nos meus olhos, aquela maldita operação, e já me dói a anca, os tumultos que cantam na minha cabeça, deitado no chão, o teu pijama, o teu cabelo de baunilha, ó meu amor, ó meu Deus, o que te fui fazer, e agora jazes debaixo do chão desta (já não digo o nome porque nunca deveríamos), no fogo do silvado, na neve da serra, outro castiçal que caiu, a tacinha de pernas de rã, até que me deixe ficar aqui para que seja eu então o meu filho, para que seja o seu jumento, para que seja a minha mulher, para que seja uma união de qualquer coisa que nunca fui porque me ficou o coração num galho duma videira na curva duma estrada, e só me sobrou o amor pela minha mulher, pela minha tão doce Silvina, só me sobraram os nossos beijos nos lilases junto ao cemitério, só me sobrou um álbum de fotografias dum dia de casamento enterrado nos estofos do automóvel que ainda veio às guinadas até à casa onde fizemos morar o silêncio, apenas o silêncio, apenas as nossas recordações, apenas o idiota do filho que nos sobrou, e agora que nada sobra fico aqui, deitado, a espolinhar-me, nestas dores lancinantes que me atormentam o corpo, como é mole a alma, comida por detrás desta armadura de carne, não sou mais do que ossos, não sou mais do que o meu corpo, em breve também eu serei corpo completo, também eu serei a minha mulher, talvez o meu filho, por favor, já sinto as ondas, já o farol, já o porto, que venha a guarda, os cães, os lobos, que venha o menino, que venha quem vier, daqui não me levanto, daqui não me levanto, esperem, senhores, onde está a minha mulher, não a posso ver, nem os retratos, e fico como um vulto disfarçado, e fico

suave e adormecido como na moldura dum retrato.

31

Nunca nasceu nada

e um dia uma poça de sangue, o restolho enrolado na placenta e um silêncio, e depois um grito, um corpo

vivo

e naquele dia a guarda não levou ninguém, naquele dia não os buracos, naquele dia um corpo feito, um corpo inteiro, um resplandecer desabrido, feito de par em par, completo, a emanar-se, a apalpar as primeiras lágrimas da terra toda, o movimento giratório, um passo, dois passos, um crescendo, os olhos a descobrirem, despertos, a força que pluma e que pula, um encontro com a vida

e a palavra toma-se a si, vida

ainda há meninos, ainda gente

sem talhos nem retalhos de parteiras clandestinas que fazem passar gentes incompletas em buracos de paredes sujas, buracos estreitos que se alargam para deixar passar, e então um dia a apalpar as pedrinhas da areia, a que sabe o chão, onde se pisa, onde a erva tufada, a felpa da neve, onde também a dor faz parte

os pés descalços que nem todo o chão feito de losangos, então a mulher a parir, o peito a lactar, o ventre côncavo, mais vívido, também a sala de espera mais limpa, lírios e jacintos que se adelgaçam nas paredes a tapar os buraquinhos, já nem passadores, nem a dolência dum buraco estreito, os afagos da erva nos pés a caminharem, e a mulher que deu à luz, de braços caídos sob a padiola, a escutar o choro, os passos quase silentes do menino, a pôr-se de pé, a desenrolar-se como o caracol que brota da concha, a subir em espiral, a tomar duas asas, as asas dum pássaro, barbatanas, guelras, uma espécie inidentificável, um bicho, um monstro, escória, lias, sargaço, os pés unhas de carvão, a garganta comprida a troar, mas talvez nada disso, talvez só um menino a nascer, uma forma de vida, um pequenino ser que não subirá às árvores feito macaquinho, não se deitará nas costas fúnebres do porto atulhado, para ele não catrinetas, antes a chuchar no mamilo ereto sobre a barriga da mãe, os olhinhos aquáticos a espontarem para a cegonha, a chamarem--lhe mãe, ainda pequenino

— Mãezinha

um estrondo, vejam senhores como ainda meninos, como ainda gente, um serzinho estéril acabado, perfeito, integral, e já a cegonha descansa em paz, sozinha, enquanto o ralo transborda, ela por cima da padiola, de pé, uma ilha que vive na ubiquidade do tempo, o asilo da alma vagabunda, é por aqui o caminho, nos losangos que se partem, nas janelas que se abrem, nas asas que se jogam sobre as partículas hígidas do ar, e lá vai, acima das vagas, para lá do porto, para lá daqui, a ver de longe o desmoronar do prédio, só mais uma vez que se parte, que desmorona, só mais uma vez, a cegonha e o seu menino, chamam-lhe aberração, bizarria, chama-lhe menino e chama-lhe seu, só quer fugir daqui, o ninho apertado é maior do que uma cova funda, um poço, o buraco duma agulha a coser, o orifício duma parede, o cano duma espingarda, a abertura dum barbante, do que o cimo duma árvore, é maior do que tudo isso porque é um ninho, é um berço

também balança.

Nem soldado, nem macaco, é só um menino.

E pois que seja monstro, seja um bocado de argila, uma papa de cimento, um algeroz entupido, um sumidouro para onde escorre o ralo, que seja tudo isso, mas hoje é seu, hoje é o seu menino, está nascido e está vivo, e quem ainda sobra que venha ver, venha admirar um bando de cegonhas, altas, esguias, uma vara comprida que se balanceia sobre um esteio, tende piedade e deixai-a viver, tirai a água do poço mas não caiais lá, é o melhor augúrio que se posta no céu porque a noite menos turva, porque menos os homens, porque só o chiar das rodas duma carroça a pastar vagarosa ecoa

— Quem está aí?

então, o menino

para ser de novo.

32

Pareço um animal de pernas para o ar. Pareço um bicho que para aqui ficou. Engaiolado, não tenho o que comer ou o que beber. Estou deitado à espera de que em breve também eu corpo, também mais perto da minha mulher, e não a acho, não sei dela

já não temos alianças nos dedos.

Há uma pestilência qualquer que me parece vir algures debaixo do chão, mas fico à espera, não me vou pôr à pergunta de coisas que já não quero saber.

Estou na sala de espera da rodoviária, pedi um bilhete para onde pudesse ter um silvado, arranjar uma casinha

nunca deveríamos ter comprado esta casa, e agora a cegonha voou, a parteira desparecida, também o passador

andam os ratos às avessas com os esgotos repletos de cadáveres de meninos, corpos de sargentos achados a coronel, também além-mar muitos outros meninos

a pedir à senhora do guiché que no destino as vistas da serra, e ela a percorrer o mapa, a inserir os dados no computador, outro empregado, já ninguém se entende, que lhes faltou um bocadinho do mapa a noroeste, outro bocadinho mais a sul

não sei onde as cegonhas fazem ninhos no cimo das rosas-dos-ventos

que me metam no porão da camioneta, metam-me onde quiserem, levem-me daqui

estou só à espera

dois uniformes que passam ligeiros, latidos breves, uma senhora gorda a suar para cima de mim, empurra-me, no saco uma galinha, a olhar-me, dois velhotes teimam que os óculos ficaram em casa, não se pode comprar o jornal, anunciam as partidas, têm nomes de terras, a empregada do guiché ainda não encontrou o meu destino, não tenho mala, conto losangos, troco o M pelo N, não conheço ninguém, a minha mulher está demorada, não sei se foi à casa de banho, comprar uma bucha para levarmos para o caminho, devem ser à volta de quatro horas de viagem, será que fazem a mesma estrada, só conheço um caminho, insisto com a menina do guiché, olha-me desconfiada

— Sente-se ali que já vão ter consigo

mas quem vem ter comigo, continuo calado, continuo em silêncio para que não nos descubram, a minha mulher está atrasada, será que foi buscar-me os óculos a casa, a galinha agita-se, os ratos andam em grandes conversas intrigados, não vem nada nos jornais, rasgaram a folha do obituário, dois empregados da rodoviária a olharem para mim, dois uniformes soturnos, e eu a espernear, um cão velho e piolhento açaimado

— Então, menina?

— Já vão ter consigo

— Ora dê cá o mapa.

Tem o mapa virado ao contrário, no índice das terras não há silvados, vistas para as neves da serra, mas eu conheço a estrada e começo a percorrê-la com o dedo, parece-me que vi a parteira e o passador com uma mala cheia de dinheiro, contam às notas de cinco e quinhentos, do bolso caiu-lhe um dedal, não podem ir na mesma direção que eu, devo estar confuso, agora querem que alguém venha ter comigo, há várias pessoas a olharem-me, a menina do guiché a comentar com o outro empregado, assobia-lhe na orelha, devem ter um caso, rodam os ponteiros no relógio, nunca tinha reparado como são grandes os relógios das salas de espera, devem ter o patrocínio de alguma marca, há pessoas que estão atrasadas, não devem saber ler as horas, ninguém gosta de ficar numa sala de espera, olham-me mais, o que se passa com as minhas mãos, não sei da minha aliança, chegou mais uma camioneta, agora chamam-se ônibus e têm ar condicionado, traz bolas de canhão, ripas novas para o molhe onde a catrineta, o motorista é um tipo sério, conheci-lhe o pai, fazia parte duma associação lutuosa, tinha uma casa que fazia caixões, não sou cangalheiro dizia, ainda a fazermos corridas com os fiacres nas traseiras da igreja, o pai deu-lhe uma malha tão grande que não quis seguir-lhe o negócio, é motorista de camioneta, pode ser que me leve, mas as minhas mãos, este atraso da minha mulher, será que também não sabe ler as horas, quem inventou os relógios, alguém atrasado certamente.

Começo a sentir-me cansado, já partiram vários destinos e não me acham nenhum, os dois uniformes a latirem mais alto, dois cães de guarda, dois cães de agarre, também lobos e mastins, um homem de bigode engraçado comenta que acharam um corpo debaixo do soalho duma casa

— Como disse?

olha-me sobressaltado, deve estar impressionado por eu não ter aliança, confesso que também me intriga, quando a minha mulher aparecer já lhe pergunto, se demora muito na fila do café para comprar duas sandes vamos chegar atrasados

como é ágil o ponteiro a deslizar

— A polícia está já a par

estou cada vez mais cansado, sinto os dedos das mãos a fugirem-me, o corpo mais frio, e meto-me debaixo do assento que a senhora gorda fez questão de ocupar, fico ali debaixo mas o burburinho a aumentar, uma conversa sobre um crime hediondo, o marido que estrangulou a mulher e abriu um buraco no chão da casa para a meter, queria que a minha mulher trouxesse um bolinho, costuma fazê-los quando ficamos em casa ao domingo, deve estar mesmo aí a chegar, ou então eu a chegar perto dela, pergunto-me se o miúdo terá conseguido abrir os cadeados da porta do cemitério, é preciso dar um jeitinho à chave, bem fez o miúdo que se montou numa mula e numa carroça à procura não sei bem do quê, já deve ter chegado, até porque estrada para Magos só conheço uma.

Começo a ter a impressão de que hoje já não partem mais camionetes, volto a percorrer o índice do mapa, enquanto as gentes são cada vez mais olhares, tantos os ônibus que partiram e parece-me que mais gente, parece-me que dois cães a farejarem-me os pés, xô daqui

— Já vão ter consigo

será que é comigo, tenho a roupa enxovalhada, transpiro, procuro um pau para correr com eles, vou perguntar à minha mulher se podemos voltar outro dia à nossa terra porque se calhar o nome da terra não vem no mapa, como Magos não vem no mapa, e tenho medo dos cães, atiro-lhes com um ouriço duma castanha velha que achei, vamos embora, não quero estar aqui, como me estão largos os sapatos, nem trouxemos malas, os cães começam a incomodar-me, acho que começaram a fazer perguntas, e eu mais encolhido debaixo do assento, pode ser que não me vejam, pode ser que comam primeiro a galinha da senhora gorda, mas quem ainda transporta animais vivos num ônibus, tem bancos reclináveis e ar condicionado, gastaram tudo nos estofos porque o computador é uma máquina desatualizada que não encontra o nosso destino, devem continuar a ver o mapa de pernas para o ar, também eu de pernas para o ar, um animal enxotado, um bicho, tanta pergunta, tantos olhos, como ladram os cães, tenho medo, agora não posso chorar, lembro-me da minha mãe, se estivesse aqui não deixava que me mordessem e porém eu açaimado, eu numa jaula, o motorista parece que me conheceu de algum lado, diz que viu nas notícias, diz que reconheceu o meu filho, ao que parece o desgraçado daquele imbecil tem andado este tempo todo à nossa procura, não o suporto, sempre o achei um paspalho, e a mãe está atrasada, não sei o que fizeram ao meu relógio, e agora esta história da aliança, parece mesmo que me reconheceram, a parteira denunciou-nos no posto da guarda e ainda tem a mala com mais dinheiro, perde mais dedais pelo caminho, arranjou conjuntamente com o passador os dois últimos lugares num ônibus que segue junto à fronteira, há quem passe sempre pelo buraco da agulha, e eu a escorrer em bica, afinal vieram mesmo ter comigo, não entendo, estou desconcertado, atrapalho-me, creio que não posso falar, só achismos, não mais do que isso, a minha mulher que esclareça tudo, já procuraram por ela no café, deve lá estar certamente, não me deixam entrar na casa de banho das senhoras, a menina do guiché continua a rir-se com o empregado, estão mesmo de caso, vou lá reclamar da senhora gorda que se pespegou no meu assento, e este senhor de bigode a ler o jornal, então as lonas de plástico, juro que vi passar uma cegonha, juro que vi um menino, lembro-me bem de o posto da guarda estar fechado, larguem-me, que raio, bem sabia que deveríamos ter estado calados, bem sabia

o cuidado com que preguei as tábuas do soalho.

Mas estou eu para aqui com esta conversa, ouço a cadeira a balançar, o frio que me arrepia o corpo continua, a janela não fecha corretamente, se um pau eu a bater nos cães, que conversa, não pode ser comigo, vamos perder outro ônibus, fecharam a rodoviária, sereias retumbam na minha cabeça, parem com as sirenes e o repicar dos sinos, agitam os portões do cemitério, puseram-me uma trela e puxam-me

puxam-me

não tenho forças, estou a cair

puxam-me

será que me levam para ao pé da minha mulher, estou descalço, as minhas mãos, o que tenho nas mãos, parecem-me as marcas dum pescoço, as palmas maceradas porque nelas o desenho duns lábios sufocados, aqueles olhos vítreos a pedirem piedade, um último sorriso, uma última lágrima, ou serão as marcas da aliança, afinal são vinte e cinco anos de casados, todas aquelas doenças, a luz da farmácia a piscar nos meus olhos, e novamente os olhos das gentes, que inferno, que algazarra, vêm ter comigo, dois cães, mordem-me as pernas, querem que me levante

puxam-me

já não tenho forças, caio de novo, estou cansado de repetir que não me levanto do chão, não me levanto, agora é à paulada, são eles que afinal têm os paus, ora deem-nos cá que já vão ver, acho que não estou a perceber bem, louco, mas qual louco, vou cair, sigo num automóvel, têm correntes para me prender, será que agora fazem transporte de animais em automóveis, desliguem a sirene, já chega desta brincadeira, já chega, este rosto não pode ser o meu, deve ser apenas uma viagem para um sítio qualquer, talvez seja engano, repito, este rosto não pode ser o meu

— António

(este rosto).

33

Há quem venha beijar-me as mãos secretamente, sarar-me as feridas, não posso pensar em fugir, não penso nisso, não penso para lá deste cárcere, e aqui também uma janela feita de grades, também um friozinho, chamam-lhe alguma espécie de nome, não consigo perceber exatamente, quem salga as minhas feridas, quem põe a crosta, os veios a coagularem, diz-me que tenho de fugir, que tenho de ir com ela, fala-me dos lilases, que se soltou uma tábua do soalho, que há um buraquinho na parede duma cela, que posso ir para junto dela, podemos lá ficar os dois, podemos ser marido e mulher, podemos ser nós novamente, eu e a minha mulher, António e Silvina, mergulhar nela, um no outro, mais próximos, mais juntos, diz-me que irei ficar preso, muito tempo, quanto tempo, muito tempo, e no pulso magro o relógio a escorregar, também as mãos a fugirem-me que andei a monte, eu, vejam bem, um ignóbil criminoso, escondido, é o que vem nos jornais, dá nas notícias, tenho uma tigela com uma papa de arroz, um bebedouro para a água, a retrete aqui também entupida, como devem estar entupidos os esgotos da cidade, assim se tratam os animais, dois cães a guardarem-me, mas eu um cão velho, sarnento, repugnante, a ladrarem, dizem que não há descrição para as obscenidades que cometi, manter o corpo vivo, enterrá-lo depois, se fossem eles que mandassem, mas hoje ainda passa cá o senhor ministro, vai dar uma entrevista importante, o motorista da carreira também, a parteira ao que parece é uma figura misteriosa, denunciou o cheiro e desapareceu, não sabem dela, viram-na atravessar a fronteira às costas dum passador, há uma menina que chora nos losangos frios do mármore, apanharam-me quando eu a caminho de Magos, quando eu e a minha mulher pela mesma estrada, eu já debaixo dos castanheiros, a tapar o poço, calar o morgado, a lavar as terras, limpar o silvado, ficamos sós, encostados às cadeiras novas, um serralheiro que as fez do outro lado da fronteira, agora é carpinteiro, pouso os braços, abro o jornal, uma xícara de café de borras arrefece, ainda transpiro da viagem longa, terei fugido, um buraquinho qualquer na parede, eu e a minha mulher, o cortinado puxado até baixo, não são tão bonitos como os que tínhamos na cidade mas estes abrem para as neves da serra, vistas que agora temos, os olhos menos baços, parece que ouço escorrer a água, tantas torneirinhas que se abrem desabridas, também as nuvens, poeiras flutuantes, adivinho uma carroça, outra com a forma duma medalha, já viste, melancólicas, monótonas, e afinal seguem, para onde irão, depois juntas, uma coluna mais espessa, uma mistura farta, um peso compacto e denso, rosnam, trovejam, um fragor que se abate sobre outra catrineta e nós lá, tantos os meninos que cambaleiam, uns boiam, outros mãezinha, são mais os meninos do que o fundo do mar, odores persistentes a óleo, cordite, as vagas inflamadas, labaredas, não quero saber, acho que bebo mais um pouco de café, ainda não são horas de almoçar, mas a minha mulher já prepara qualquer coisa, o que é o almoço, Silvina, vamos matar o porco na próxima semana, a ceva, o frenesim, a carcaça, como arfa o peito do animal eleito, a lâmina, jorros para um balde, mais vinagre, estão cá os teus pais, também os meus, o nosso filho escondeu-se na loja, tem medo, não o encontro, também nas videiras, não vejo ninguém, e já as primeiras costeletas, o chouriço, o fumeiro, e não acho o rapaz, a minha mulher, não sei de ninguém, não tenho forças para segurar nas pernas do animal e todavia morto, todavia eu a lavar as mãos na selha, nunca houve tanta água, como ficarão bonitos os campos na primavera, volto para dentro de casa, rodo, são quatro paredes, uma janela de grades, a enxerga, a retrete, um buraquinho na parede, chamo pela minha mulher, abro um pouco mais a cortina, chama por mim, do corredor gritam malandro, um matiz da luz madrugadora a desenhar arabescos nas ripas do soalho, um pó fininho que se mistura na fetidez do corpo que arde nesta câmara, a nossa casa, o nosso tê qualquer coisa, não sei quantas são as assoalhadas, quantas as pessoas que para aqui andam, parece a cena dum crime, um labirinto, a pisarem tudo, as nossas gavetas, os nossos retratos, até as tuas roupas, os teus pincéis, porém as alianças, porém o teu rosto, talvez a minha mulher esteja ainda a fazer a dobra da cama, dez centímetros perfeitos, o lençol de flanela lavado no tanque, o estendal que se abre perante as vistas da serra, temos um quintal, as silvas numa máquina que as rasga, tritura, tudo arranjadinho, freesias, sardinheiras, melros e lavercas, nem pombos nem rolas, no muro corre uma trepadeira, logo à tarde trato da cerca por causa dos besouros, das formigas, das moscas, tapam o nariz com um lenço, encontraram o corpo, a autópsia, o cadáver, o porco já não foge, diz-me que tenho de fugir, ir ter com ela, nunca vão perceber o que fui eu fazer, pois não, meu amor, porque as palmas na boca, as mãos na goela, e ainda a almofada um perfume barato que me sabe aos lilases, dizem que é a cena dum crime, dizem macabro, diz-me que eu e ela um só corpo, António e Silvina, já não temos alianças nos dedos, podíamos viver debaixo da mesma pedra, caminhar nos eflúvios da saudade, um só corpo, António, Silvina, de mãos dadas pela marginal, chegarmos até ao porto, ficarmos ali, acertar ao acaso quantas são as catrinetas, quantos são os meninos, quantos são os nossos, dois filhos, um que nos morreu na curva duma estrada, outro que não nos encontra, não quero que nos encontre, ao menos fiquemos aqui no molhe, sozinhos, os mesmos pés descalços na maresia, estendidos sobre as colunas de pedra, nus, perfeitos, antes debaixo da mesma pedra, antes um só corpo, eu, a minha mulher, morramos ao menos no porto, e parece que assim é, precisamos de descansar, parar a respiração veloz, o corpo mais branco, como são pesados os músculos da cara, largar os membros, esquecer a cabeça, a carne ferida, outras chagas que queimam algures, fechem-nos à chave, corram o talhão, não queremos que ninguém nos venha visitar, estamos debaixo da mesma pedra, os mesmos lilases, o mesmo beijo, finalmente a partilhar o mesmo tempo, a adormecer sobre os mesmos crisântemos, olha-me nos olhos, tem lágrimas, pede-me que a mate, não suporta mais as dores, o cancro, um tumor que é uma bola maligna que grassa, não posso, mas tens, e a bola a encher-se, vai rebentar, não posso, e depois do teu ato de piedade mantém-me aqui, por favor, numa cadeirinha de balanço junto à janela, alimenta-me, beija-me, cobre-me as pernas quando fizer frio, liga o televisor, o pequeno aquecedor, uma nesga de luz pela fresta da janela, vai buscar o álbum do casamento, canta comigo, estica-me os braços e as pernas porque ficarei muito tempo nesta cadeira de balanço, ficarei a balançar no tempo, pendura-me nas cordas do relógio, deixa-me vogar nos ponteiros, achas que devemos voltar para a nossa terra, podias mandar limpar o silvado, como tenho saudades das neves, façamos de novo estrada para Magos, fiquemos lá, não me podes levar, enterra-me debaixo do chão da nossa casa, esta é a nossa casa, eu ficarei cá, e tu partes conosco os dois para a nossa aldeia, podia preparar-te o almoço, consertavas a cerca, e eu aqui, nunca ninguém dará conta se eu debaixo do soalho, por favor, já não aguento as dores, por favor, peço-te, meu amor, não posso, não posso, para de pedir, para com as lágrimas, haverá médicos, haverá esperança, não quero médicos, não quero esperança, olha o tamanho desta bola, quero-te, meu amor, quero ficar na nossa casa, junto a ti, que me deixem as dores, beija-me e mata-me, peço-te, por favor, ó meu amor, e jazo nas paredes do cárcere porque a minha mulher ainda vive para lá das tormentas, para lá da vida, para lá das vagas, para que morramos ao menos no porto

e possa então escutar o marulho debaixo da mesma pedra no meio das estelas deste cardal, até ficar perdido na mudez cinzenta que carrega o mar.

34

Sou agora um bichinho que ressoa nos vagidos da terra, revolvo-me, estala-me a carne, à minha volta os ciprestes clamam e agitam-se no vento como em brincadeiras de arlequim, mais longe o roçagar duma catrineta que alteia nas vagas, carneirinhos que saltam para fora dos redis

um soldado toma um túmulo só para si.

No outro dia uma senhora chegou perto da talha, sentou-se num banquinho e aqui ficou, a tecer uma lágrima, desenrolou o fio. Não a conheço. Tem olhos vítreos, um chapéu de abas de veludo (como mariposas) a cobrirem-na do sol. Veio de longe. Entoa uma balada. Eu, bicho, não a conheço. Mal consigo ouvir. Já não me doem as costas, porém. Nem um bocadinho de sangue.

Como ficamos engraçados no fim, senhores.

E ela, uma mantinha nas pernas onde segura o novelo, o dedal, a agulha, tece. Às vezes vejo-a nas pequeninas asas duma laverca, depois volta até aqui, chilreia, já é tão velha, pode faltar-lhe a voz, talvez, vejo-lhe os ponteiros nas pregas da cara, as asas onde os meus óculos na algibeira, onde o meu relógio de colete, puseram-no aqui, gosto dos sapatos, talvez tivesse escolhido outra gravata, o meu retrato oval

tem as mãos do meu filho, não sei de qual, mas tem, o vento corre-lhe no rosto, está diante do espelho, pôs uma medalha ao peito, não sei se para me vir visitar (como são ridículas as medalhas ao peito).

Creio que terá vindo só para fazer conversa, estar aqui um bocadinho, se não é afinal para isso que nos visitamos uns aos outros, só pelos bocadinhos.

Tenho o sentido fora daqui, desnorteado, não me acho onde gostaria, já procurei a minha mulher mas então eu bicho, porque finalmente sou como os meus versos em branco, os meus versos em arco, os meus idílios e os meus dédalos repetidos, como os losangos na farpela dum arlequim, como o cipreste ereto que apenas bamboleia parado no vento, como os carneiros que upa nas vagas, upa para fora dos redis, mas só isso, só esse espetáculo de aparente candura e quietude que é próprio dos mortos, porque os movimentos upa não existem, e por isso a ficar-me nos remansos deste catre de que farei hábito

ainda agora aqui cheguei

tenham paciência, senhores, peço-vos que aguardem porque a minha mulher deve estar algures por aqui

o relógio no colete, os óculos na algibeira.

Parece-me que ouvi o choro do mais novo, ou será do mais velho, as rodas duma carroça a chiarem, a pontinha dum galho a incomodar, se me conseguisse mexer um pouco mais. Entretanto, vou organizando os losangos, a trabalheira que é, se a senhora me pudesse ajudar, começamos por estes que parecem mais fáceis, mais soltos, temos a vida toda, e são tantos os buraquinhos

as lágrimas a tecerem um rio, e os rios desaguam onde se fazem as ondas

estou só eu, diz-me, disparates, senhores, não acreditem em tudo o que vos dizem, sim, estou só eu, bom, talvez goste de ficar aqui, sinto-me em paz, vejam como dorme finalmente o meu sono, as pálpebras finalmente rígidas, marçanos correm e gritam porque

porto à vista, será, vem lá a catrineta, será

e olhai para esta senhora, tão bonita que é, ai se eu poeta, se eu de novo em arco, mas estou só, só eu, bichinho, só eu, corpo, a carne mais pequenina, um pedaço do restolho, também nos lenhos dos ciprestes que se calaram agora, talvez tenham estado sempre calados

mais perto do mar, mais perto do porto

eu a pisar a terra, rebolando nas flores que para cá puseram, se a minha mulher, se eu, se alguém, se ao menos, espumam as vagas, pulam os carneiros e um pastor que os persegue, acompanham-nos os cães de agarre, agora sim, uma chuvinha minúscula no céu, também eu, nas abas de veludo, nas mariposas, nos lilases, e aqui continua ela senhores, eu a decifrar-lhe os olhos, fala comigo, não compreendo, e vós, também não, há tanto ruído entre

—

(espaço dum silêncio)

—

espuma de alcofa tampa de caixão terra de húmus lousa talhada pelo cinzel coroas de flores retratos ovais, não sei como farei para que me ouça, já vos aconteceu, devem ter posto aqui algures a minha mulher, mas onde, onde a minha aliança, o tule do véu, porque não fui a enterrar com a minha aliança, falam-me num crime, eu lá capaz disso, não me conhecem, que sabem os homens dos bichinhos, será que duas alianças no dedo, será que o viúvo não sou eu, deixa ver o luto do véu

o flagício no trotar das ondas

também cavalgam, também os jumentos

estremeço

a quantidade de coisas que não me saem da ideia, parece que a estória mal contada, o que se passa, porque estou eu aqui, ainda por cima num dia tão feio, sabe-me ao domingo, talvez seja, porque os mortos ao domingo, não consigo chegar ao relógio, estico-me para lhe chegar e nada, os óculos, não ouço, e o sol cai na planície, como não uma planície, uma seara então, como não também, o que sabeis sobre isso, sobre vistas para a serra, sobre a felpa da neve, silvados que ardem, cuidado com o uivo do lobo, o latir dos cães, anda aí o pastor, fazer o caminho de noite, as curvas da estrada, será que já está a desmontar o banquinho, deve ter horas para voltar, será que o marido à espera lá fora, a fumar um cigarro encostado ao automóvel, são tão perigosos os despistes de automóvel, se veio de longe não pode ter vindo a pé, não pode ter vindo sozinha, deve ter dois meninos, mas é tão velha, não pode ter marido, não pode ter meninos, tece

a banhar-se no rio

tece

eu a seguir como toro, a adejar nas margens como nas asas duma laverca, como pira em chamas, só o bulício do porto, só eu a chegar ao mar, é uma mulher de carne e osso, não um corpo, e eu, dizei-me lá, senhores, acho que não passais de silêncio, desse corpo defunto que és, não falem do que não sabem, já chega.

Hoje é domingo e vai chover. Recolho-me debaixo das abas de veludo porque então o céu. Uma expressão velha a faiscar que me diz adeus. Parecem-me duas alianças douradas, e talvez ninguém a espere lá fora, nem marido nem meninos, talvez tenha vindo mesmo a pé e volte pelo mesmo caminho, faça a estrada, que se dane o uivo do lobo, o latir dos cães, as ondas, o marulho contra o porto, o trinar das vagas. E então, então a minha mulher no cheiro das flores a subir no ar como balão

gosto do cheiro do veludo, do tule dos véus

e vós, senhores, não julgueis tão depressa o que faz um homem debaixo duma talha, o que faz um homem aqui, porque todos nós também.

Chove.

Te Deum.

este livro, composto na fonte fairfield,
foi impresso em papel Ivory Slim 65g/m² na Coan.
Tubarão, brasil, julho de 2025.